LA vida complicada DE Léa Olivier

La vida complicada de Léa Olivier

CATHERINE GIRARD-AUDET

RUMORES

Traducción de Natalia Navarro Díaz

B DE BLOK

Barcelona • Madrid • Bogotá • Buenos Aires • Caracas • México D.F.
Miami • Montevideo • Santiago de Chile

Título original: *La vie compliquée de Léa Olivier. 2. Rumeurs*
Traducción: Natalia Navarro Díaz
1.ª edición: septiembre 2015

© 2012 Les éditions Les Malins inc., Catherine Girard-Audet
Publicado por primera vez en francés con el título *La vie compliquée de Léa Olivier – «2. Rumeurs»* por Éditions Les Malins
© Ediciones B, S. A., 2015
para el sello B de Blok
Consell de Cent 425-427 - 08009 Barcelona (España)
www.edicionesb.com

Printed in Spain
ISBN: 978-84-16075-63-8
DL B 15896-2015

Impreso por QP PRINT

Todos los derechos reservados. Bajo las sanciones establecidas en el ordenamiento jurídico, queda rigurosamente prohibida, sin autorización escrita de los titulares del *copyright*, la reproducción total o parcial de esta obra por cualquier medio o procedimiento, comprendidos la reprografía y el tratamiento informático, así como la distribución de ejemplares mediante alquiler o préstamo públicos.

A Marc-André, mi hermano mayor, que es casi tan guay como Félix y sin él yo no estaría hoy aquí. Gracias por tu confianza, complicidad y generosidad. ¡Lo hemos logrado!

1

Negación y cambios de humor

Para: Marilou33@mail.com
De: Léa_megusta@mail.com
Enviado: domingo, 1 de diciembre 15:20
Asunto: ¡Viva la fase de negación!

¡Hola!
Ya sé que hace tres días que no doy señales de vida pero, por si sirve de algo, te diré que he pasado una fase de negación y no me apetecía nada enfrentarme a mis problemas y responsabilidades.
Resultado: puede que mi mejor amiga (tú, por si tienes alguna duda) me odie porque se sienta abandonada; Éloi me mira con ojos de cordero degollado esperando que le diga algo de la especie de declaración de amor del fin de semana pasado; Alex me guiña un ojo cuando me ve, lo que me hace sentir incómoda; y he cateado el examen de inglés.
Conclusión: la fase de negación no ha sido fructífera.
También quería reflexionar sobre el tema de Thomas antes de escribirte. Como sueles ser la voz de mi conciencia, quería recopilar argumentos antes de hablar contigo y que me dijeras que soy una idiota y una boba por el simple hecho de querer darle el beneficio de la duda y ofrecerle una segunda oportunidad xD.
No me ha vuelto a escribir, así que a lo mejor solo tuvo un momento de debilidad, me echaba de menos y sintió la necesidad de compartirlo conmigo. Pero al hacerlo lo único que ha conseguido es que me deprima y me encierre en mí misma. Al menos, por fin ha acabado noviembre.
Jeanne me ha dicho que no hay nada entre ella y Alexis (el amigo de Alex con quien bailó en la fiesta), que se

llevan superbién y que solo quiere ser su amiga. Yo sigo pensando que le gusta, pero está tan empeñada en que no quiere novio ¡que se ha convencido ella sola!
Lo que peor llevo es no saber nada de ti. ¿Va todo bien con JP? ¿Sospecha algo Laurie? ¿Me odias?
Estaré en casa todo el día, ¡así que respóndeme rápido!
Besos,
Léa

Para: Léa_megusta@mail.com
De: Marilou33@mail.com
Enviado: domingo, 1 de diciembre 15:55
Asunto: ¡Y yo estoy enamorada!

¡Hola, guapa!
Si no fuera por lo feliz y enamorada que estoy puede que me enfadara contigo por haberme abandonado tantos días, ¡pero la buena noticia es que no es así! Más bien estaba preocupada por ti: un triángulo amoroso es complicado, ¡pero un cuadrado amoroso es una locura! xD
Todo sigue genial con JP, pero el problema con Laurie no está ni de lejos resuelto. Sigo creyendo que es mejor dejar pasar un poco más de tiempo (está claro que sigue queriéndole, si no, dejaría de hablar de él a todas horas). Lo malo es que mi relación con JP pone en riesgo mi amistad con ella. No soporto que despotrique contra él, y cada vez que lo hace pongo los ojos en blanco o busco cualquier excusa para escaquearme (no puedo alegar siempre que tengo ganas de hacer pipí, ¡se va a creer que tengo un problema en la vejiga!), y tampoco puedo contarle la parte emocionante... ¿entiendes lo que quiero decir?

Si Thomas no ha dado señales de vida te aconsejo que no le escribas. No lo he vuelto a ver después de su famoso correo electrónico, pero JP me ha dicho que no le extraña que te haya enviado ese mensaje. Según él, Thomas no te dejó porque ya no te quisiera, sino porque le parecía que lo vuestro era cada vez más difícil y no quería hacerte infeliz. Puede que tu ex no sea tan maquiavélico como me imaginaba, pero de ahí a decir que se ha sacrificado por tu felicidad..., ¡permíteme que lo dude! Deberíamos llamarlo san Thomas por lo que ha hecho xD.
Sigo pensando que serías más feliz con alguien que te respete y con quien tengas cosas en común (¡ejem, ejem! ¿Éloi?) o con un chico guapo con el que las cosas no resulten complicadas (¡ejem, ejem! ¿Alex?). Es solo mi opinión. ;)
Te dejo, ¡que la natación me reclama! He dejado un poco de lado el deporte desde que tengo novio. ¡OH, DIOS MÍO! Qué raro se me hace escribirlo: ¡TENGO NOVIO! xD ¡Yo! ¡Tu amiga Marilou! ¡La solterona! ¡¡¡TENGO NOVIO!!! ¡Me alegro de que hayas dejado atrás la fase de negación y vuelvas a aparecer en mi vida!
Te quiero, ¡aunque seas tan complicada!
Besos,
Lou

Lunes, 2 de diciembre

16:34

Éloi (en línea): ¿Léa? ¿Estás ahí? Tenía pensado hablar contigo después de clase pero te fuiste tan rápido que no me dio tiempo.

16:37

Léa (en línea): ¡Hola! Sí, estoy aquí. Ya, perdona... estoy muy liada esta semana.

16:38

Éloi (en línea): ¡Léa, no tienes que fingir! Ya sé que te incomodo después de lo que te dije en la fiesta. Lo siento, no debería habértelo dicho en ese momento... Es solo que en los últimos días he pensado mucho en ti y estoy hecho un lío.

16:40

Léa (en línea): Soy yo la que lo siente. ¡Tú eres mucho más maduro que yo! Afrontas el problema mientras que yo lo esquivo y salgo corriendo en cuanto suena el timbre xD.

16:41

Éloi (en línea): Entiendo... ☺ También quería decirte que he roto con Marianne. Lo único que tengo claro es que no estoy enamorado de ella. La quiero mucho como amiga y soy un idiota por haberle hecho daño, pero no puedo seguir fingiendo...

16:43

Léa (en línea): Si es lo que sientes creo que has hecho bien. ¿Cómo ha reaccionado?

16:45

Éloi (en línea): ¡Mal! Se fue a llorar a los brazos de Maude y me preguntó si es por ti. Le dije que no, claro, pero que no te sorprenda si se vuelve todavía más detestable. ☹

16:47

Léa (en línea): ¡Guau, esto promete! xD No te preocupes por mí, me las arreglaré. ☺

16:48

Éloi (en línea): Gracias, Léa. Y lo siento de nuevo por lo de la otra noche. ¿Todo bien entre nosotros? No quiero perderte como amiga...

16:49

Léa (en línea): Yo tampoco quiero perderte. Por eso prefiero que seamos solo amigos... Yo también estoy hecha un lío pero tengo una cosa clara: ¡te tengo a ti!

16:51

Éloi (en línea): ¡Es recíproco! ☺ ¡Hasta mañana, Léa! Besos.

Para: Marilou33@mail.com
De: Léa_megusta@mail.com
Enviado: miércoles, 4 de diciembre 19:31
Asunto: ¡Menudo día de locos!

Lou, ¡no vas a creerte el día que he tenido! A mediodía estaba en el aula de informática con Annie-Claude (estábamos empezando a preparar las preguntas que queremos hacerles a los alumnos de quinto para el artículo que vamos a redactar) cuando entró Marianne señalándome con el dedo.

Ella: Tú, mosquita muerta, ya sé que no somos amigas, ¡pero no me imaginaba que fueras tan hipócrita! No sé cómo es en tu pueblo, ¡pero aquí las chicas nos respetamos!
Yo: Eh... ¿a qué te refieres?
Ella: ¡No te hagas la tonta! ¡Sé que Éloi me ha dejado para poder estar contigo!
Yo: No es verdad, Marianne. Lo siento por vosotros pero no tiene nada que ver conmigo. Solo somos amigos.
Ella: ¡No me tomes por tonta! (No, no. Solo me pareces una mema.) Siempre estáis juntos y te hace ojitos.
Yo: Está todo en tu cabeza, Marianne. Supongo que ya sabes que yo tampoco lo estoy pasando muy bien por culpa del amor y no estoy de humor para que me des la vara con tus dramas sentimentales. No estamos en *Gossip Girl* y Éloi no es Nate.
Ella: ¡No te creo, Léa Olivier! ¡Esto no acaba aquí!

Y con esas se fue. ¿Qué problema tiene? Entiendo que esté dolida y que crea que Éloi siente algo por mí (lo que parece que es verdad), pero de ahí a que me monte un numerito en público... No quiero ni imaginarme las conspiraciones que maquinará con Maude a mis espaldas.

Ayy. ¿Por qué Félix no sale con ella en lugar de con Katherine? ¡Me haría la vida más fácil! Aunque tratándose de él nunca se sabe.

Por supuesto, le conté todo a Éloi, que se disculpó de nuevo por haberme metido en medio de todo esto. Ya sé que él no tiene la culpa, ¡pero podría habérselo pensado dos veces antes de salir con esa mema chiflada!

Y por si las cosas no estuvieran ya suficientemente patas arriba, después de mates Alex vino a mi taquilla.

Él: ¡Hola, Léa! ¿Qué tal?
Yo: Bien, ¿y tú? (No me atrevía a mirarlo a los ojos, me daba mucha vergüenza. Una cosa es dejarme llevar estando a oscuras en la casa de mi amiga y otra ligar con él delante de todo el instituto.)
Él: Bien. ¿Te apetece ir al cine el fin de semana? Acaba de salir la última de *Crepúsculo*, estaría guay que fuéramos juntos a verla.
Yo: Eh... Yo... Es que... (¿Desde cuándo tartamudeo así?)
Él: ¿Te ha comido la lengua el gato?
Yo: (Uní todas mis fuerzas para decir una frase sin tartamudear.) Lo que quiero decir es que sí, vale, me apetece.
Él: ¡Genial! Después hablamos para quedar.

Y se fue tras lanzarme otro de sus guiños legendarios. ¿Por qué le dije que sí? ¡Ya lo sé! Me pilló desprevenida y no me dio tiempo a pensar en una forma educada de rechazar su propuesta. Ya sé que vas a animarme para que vaya para así despejarme y quitarme a Thomas de la cabeza, pero no sé qué espera de mí. ¿Piensa que voy a

besarle de nuevo? ¿Quiere que sea su novia? Me parece que he sido honesta con él, ¿no?
¡Lou! Estoy harta de plantearme siempre tantas preguntas. Solo quiero que las cosas sean simples, que mejoren mis notas, que las memas me dejen tranquila, ser feliz y soltera hasta que encuentre a un príncipe encantador... y que mi hermano deje de ser tan popular, ¿es demasiado pedir?
¡Voy a darme un baño! ¡Espero que Félix no esté en el servicio!
Besos,
Léa

Para: Léa_megusta@mail.com
De: Marilou33@mail.com
Enviado: jueves, 5 de diciembre 19:02
Saludo: Qué agobio...

¡Hola, Léa!
Siento mucho lo de Marianne, ¡parece que tiene genio! Ya sé que tienes un carácter fuerte y que sabes defenderte, pero esa chica está empezando a darme miedo. Cuando vaya a Montreal para el concierto de Justin Bieber te acompañaré al instituto, ¡tengo que ponerles cara a las memas! Voy a ser tu guardaespaldas ¡y las asustaré con mi mirada asesina! ¿Funcionará?
Pasando a un tema más serio: hoy casi me pillan en el instituto (ya imaginarás que hablo de JP, y no de los deberes de mates que he copiado). Me senté con Steph y Laurie en una mesa de la cafetería y JP se puso cerca de nosotras con Thomas y Seb. JP no paraba de mirarme para hacerme reír y al final lo logró. Laurie se dio la vuel-

ta y cuando se dio cuenta de que JP estaba poniéndome caras me lanzó una mirada asesina.

Laurie: ¿Desde cuándo eres amiga de mi ex, Judas?
Steph (lanzándome un guiño cómplice): Relájate, Laurie. Marilou puede reírse de las bromas de JP sin que tengas que machacarla.
Yo: Es verdad, Laurie. Ya sé que JP te ha hecho daño, ¡pero no puedes prohibirme hablar con él!
Laurie: ¡Si nunca te han gustado! Eras la primera en decir que Léa merecía a alguien mejor que Thomas y que yo estaba perdiendo el tiempo con JP.
Yo: Sí, pero ya te dije que les había juzgado demasiado rápido.
Laurie (levantándose): Muy bien, hazte su mejor amiga ya que estamos. Me voy a buscar a otras amigas, creo que están en el súper. *Bye.*

Y se fue. Ya sé que es una exagerada pero me siento muy mal porque sé que le estoy mintiendo en la cara. Me pasé el resto del día pensando en ello y me di cuenta de que tiene razón, es mejor que sepa la verdad ya (o al menos que se entere por mí y no por otro). La llamé hace un rato para decirle que iría a su casa mañana después de clase para hablar de nuestra discusión. Ya sé que Manu suele decir que las amistades son más importantes, pero soy incapaz de dejar de querer a JP... Es más fuerte que yo, ¿sabes? Ojalá Laurie me entienda y me perdone, pero, conociéndola, sé que no va a pasar. :(¿Tú qué opinas? ¡Contesta cuando puedas!
Besos,
Lou

Para: Marilou33@mail.com
De: Léa_megusta@mail.com
Enviado: jueves, 5 de diciembre 21:31
Asunto: Todo va a salir bien ☺

¡Hola, mi querida Lou!
Creo (ya lo sabes) que has tomado la decisión correcta. Es mucho mejor que se entere de la verdad por ti antes que por un rumor en el instituto. Puede que se enfade mucho, pero las cosas acabarán solucionándose. Espero que se eche pronto un novio para que piense en otras cosas. Escríbeme cuando hables con ella, que quiero saber cómo ha ido la cosa.
Te diría que me llamaras pero Alex ha vuelto a venir a hablar conmigo para proponerme ir al cine mañana por la noche. Me parece buena idea ya que si no va bien (porque, por ejemplo, solo soy capaz de articular monosílabos del tipo: ¡Ah!, ¡oh!, ¡eh!, ¡bah!), ¡tendré dos días para esconderme en mi habitación y tratar de olvidarlo todo! Mientras hablábamos, Marianne, Lydia y Maude pasaron por mi lado con aires de superioridad. Cuando fui a clase de francés, Maude se acercó a mi mesa. Annie-Claude la saludó, pero ella no se dignó responderle.

Maude: Tengo una pregunta, Léa.
Yo: ¿Sí?
Maude: ¿Qué problema tienes?
Yo: ¿Perdón?
Maude: ¿No te basta con un solo chico? ¿También tienes que lanzarte a por los novios de otras?
Yo: No sé a qué te refieres.
Maude: Como si no te bastara con ligar con José y robar-

le Éloi a Marianne, también has decidido ir al cine con Alex, y eso que sabes muy bien que a Sophie le gusta.
Yo: Primero: tu novio no me interesa. Si no confías en él, tienes razón, no es mi problema (empezó a ponerse rosa); segundo: Éloi es mi mejor amigo aquí, eso es todo. No tengo la culpa de que no esté enamorado de Marianne, pero si quieres mi opinión, empiezo a entender por qué (se puso roja); tercero: Alex me ha invitado a ir al cine y he aceptado porque me apetece. Si a Sophie le gusta tanto, que se lo diga. No es mi culpa que no tenga valor para dar el primer paso. Ahora, si no tienes nada más que añadir, me gustaría seguir hablando con mi amiga (se le puso la cara morada y casi le estalla la vena de la frente).
Maude: ¡Te arrepentirás de esto, Léa Olivier!

Cuando se fue me di cuenta de que me temblaban las manos. No sé cómo pude responderle así, ¡no es típico de mí! Debe de ser mi mejor amiga la que me está influenciando xD. O a lo mejor es que empiezo a darme cuenta de que si no me defiendo nadie va a hacerlo por mí. Jeanne es muy amable, pero sé que no va a involucrarse en esto y que es amiga de esas chicas desde hace mucho tiempo y no va a ponerse en su contra. A lo mejor acabo de firmar mi sentencia de muerte, pero, bueno, ¡viviré con las consecuencias! Además, ¡el 17 de enero estarás aquí para lanzarles miradas amenazantes! Annie-Claude pareció sorprendida con mi reacción.

Ella: ¡Guau! ¡Me has dejado impresionada, Léa! Le has dejado las cosas claras, no todo el mundo se habría atrevido.
Yo: ¡Una de las ventajas de ser nueva! Las repercusiones

me dan menos miedo porque antes no estaba aquí, y como no tengo amigos no puedo perderlos.
Ella: Qué tonta... ¡me tienes a mí! Y Maude no va a convencerme para que deje de hablarte.

Después de clase quedé con Jeanne y fuimos a nuestra cafetería habitual para las lecciones de inglés, donde me explicó los errores que había cometido en el examen. Ya había oído hablar de mi altercado con Maude, pero lo único que hizo fue sonreírme y decirme que no me daba miedo nadie. Lo que más me gusta de ella es que no juzga a nadie, ¡algo muy raro a nuestra edad! (Yo misma intento no juzgar demasiado a la gente, ¡pero ya sabemos que no se me da bien!)
Me invitó a una fiesta en su casa antes de las vacaciones de Navidad para celebrar el final de las clases y el cumpleaños de Éloi. La antigua Léa (la que desapareció en el momento en el que decidió enfrentarse a Maude) habría rechazado la oferta y preferido quedarse en casa comiendo donuts y evitando las miradas venenosas de las memas, pero la nueva Léa (la que ha nacido hoy y que no teme a nada) aceptó y le preguntó si podía llevar también a Annie-Claude. ¡Al menos así tendría UNA amiga de mi lado!
Bueno, te dejo, tengo que terminar un trabajo para mañana y Félix me ha prometido que me va a ayudar (hizo el mismo cuando estaba en tercero, para algo me va a servir). Buena suerte mañana, ¡escríbeme cuando llegues a casa!
Besos,
Léa

Para: Léa_megusta@mail.com
De: Marilou33@mail.com
Enviado: viernes, 6 de diciembre 22:02
Asunto: ¡Uf!

¡Hola!
Mi tarde ha sido un completo desastre. Después de clase fui a casa de Laurie. Me abrió la puerta, se sentó en el sofá y se cruzó de brazos, parecía enfurruñada. Creo que esperaba que me disculpara, no que le dijera que estaba saliendo con su ex.

Yo: He venido para que hablemos y porque necesito confesarte algo.
Laurie (con tono sarcástico): ¿Qué?, ¿que te gusta JP?
Yo: ...
Laurie: ¿QUÉ? ¿ME ESTÁS TOMANDO EL PELO? A ver, Marilou, ¡pero si ya sabes cómo me trató! ¿No me irás a decir que de verdad te interesa?
Yo: No te lo tomas a mal, Laurie, pero me parece que estás exagerando un poco. Has salido con él apenas unas semanas y has montado todo un drama. Creo que deberías pasar página.
Laurie (gritándome): ¿Quién eres tú para decirme eso? ¡Nunca te has enamorado!
Yo (gritando más fuerte): ¡No es cierto!
Laurie: ¿Ah, no? ¿De quién te has enamorado?
Yo: ¡De JP! Le quiero, ¿vale?
Laurie: ¡Venga ya, Marilou! Te has colado por él, pero no le quieres. ¡Es totalmente diferente!
Yo: No, lo he conocido mejor y le quiero de verdad.
Laurie (subiendo el tono de voz): ¿Qué quieres decir con

que lo has conocido mejor? ¿Os estáis viendo a escondidas?
Yo (en voz baja): Sí.
Laurie: ¿Tú? ¿Con JP? ¡Dios mío! ¡No puedo creérmelo! ¡Traidora! ¡Pensaba que eras mi amiga! ¿Cómo has podido hacerme esto? ¿Desde cuándo?
Yo: Desde hace unas tres semanas. Quería decírtelo, Laurie, pero me daba miedo tu reacción...
Laurie: ¡Y con razón! Has cometido un grave error, Marilou. No solo me has estado mintiendo durante semanas, ¡me has traicionado! ¡Existe un código, o más bien una regla, entre chicas que indica específicamente que no puedes interesarte por los ex de tus amigas! Y tú has preferido romper la regla y besar a JP antes que pensar en mí y en nuestra amistad. Me parece que no hay más que añadir. Puedes irte.
Yo: ¡Venga, Laurie! ¡No te lo tomes así! Somos amigas desde hace tiempo, podemos arreglarlo. Encontraremos una solución...
Laurie: ¡Corrección! Éramos amigas desde hacía tiempo. Tú has elegido y yo también lo he hecho. Quiero que te vayas.

En cuanto salí de su casa me eché a llorar. Esperaba que reaccionara mal, pero no me imaginaba que fuera a explotar de esa manera. Desde que estoy con JP estoy en una nube, no quería enfrentarme a la realidad. ¡Me voy a unir a tu club de negación! Seré la tesorera de la asociación.
Estuve andando un buen rato y acabé en casa de JP. Tenía las mejillas enrojecidas del frío, mocos y los ojos hinchados por las lágrimas. ¡No creo que estuviera muy guapa!

Él: ¿Qué te pasa?
Yo: Estoy fatal. Le he contado la verdad a Laurie y ha reaccionado fatal. Creo que acabo de perder a una amiga...

Empecé a llorar de nuevo y JP me abrazó.

Él: Todo irá bien, Marilou. Acabará recapacitando.
Yo (sollozando): ¡No creo! Tiene razón, he traicionado el código de las chicas y no merezco ser su amiga. He perdido a Léa y ahora estoy perdiendo a Laurie. ¡Me he vuelto una marginada! Voy a tener que pasar la hora del almuerzo jugando al ajedrez. No debería haberle hecho esto...
Él (agarrándome por los hombros): ¡Ya basta, Marilou! No has perdido a Léa. Se ha mudado, ¡pero seguís hablando cincuenta veces al día! Y tampoco has perdido a Laurie. Está enfadada, pero se le pasará. ¡Y si no se le pasa, peor para ella!
Yo (empujándole): ¡Todo esto es por tu culpa! ¡No debería haberte hecho caso ni besarte!

Cogí la mochila y me fui tras dar un portazo. Creo que su madre estaba en su habitación, así que seguro que pensó que estoy loca. ¡Un monstruo encolerizado acababa de atacar a su hijo! Ya sé que no es culpa de JP, pero una parte de mí está enfadada con él. No tiene lógica, pero es así.
Ahora estoy en mi casa. He llamado a Laurie, pero me ha colgado en las narices. Steph me ha llamado para decirme que Laurie le ha contado lo que ha sucedido. Ha sido muy amable y sé que me puedo apoyar en ella, pero ella

tampoco puede hacer nada por arreglar nuestra amistad ni dividirse en dos para estar con Laurie y conmigo. Ahora estarás en el cine. Espero que te lo pases bien con Alex y que no estés incómoda. ¡Mi consejo es que dejes de complicarte la vida y que aproveces el momento! Si no te atrae o no te interesa de verdad, ¡te darás cuenta enseguida! Y si te gusta, intenta formular frases completas. ;)
Voy a acostarme. El día ha sido demasiado largo.
Besos,
Lou

Para: Léa_megusta@mail.com
De: Thomasrapa@mail.com
Enviado: sábado, 7 de diciembre 10:02
Asunto: ¿Silencio?

Hola:
No sé nada de ti desde mi último correo. Quería darte tiempo para que digirieras todo esto, pero como hace ya casi dos semanas te escribo para saber si sigues viva. ¿Te has hecho fan de los Canadiens de Montréal? ¿Se te ha pegado el acento de allí? ¿Te has olvidado de tus antiguos amigos y de tu ex, que no deja de pensar en ti?
Thomas

Para: Thomasrapa@mail.com
De: Léa_megusta@mail.com
Enviado: sábado, 7 de diciembre 11:23
Asunto: Re: ¿Silencio?

¡Hola!
Sigo viva.
Sigue sin gustarme el hockey, ¡pero me está empezando a molar *Youppi*, la mascota del equipo!
No se me ha pegado aún el acento de Montreal, pero la gente no se ríe del mío.
No me he olvidado de nadie, pero tengo que pensar bien qué responderte...
Léa

Para: Marilou33@mail.com
De: Léa_megusta@mail.com
Enviado: sábado, 7 de diciembre 14:11
Asunto: ¡Pobrecita mía!

Pobre Lou. ¡Me encantaría estar contigo ahora mismo! Ya sé que es difícil, pero JP tiene razón: no me has perdido. ¡Estoy aquí! ¡Lejos, pero cerca al mismo tiempo! Y ya sabes que nuestra amistad va a durar toda la vida, ¡así que deja de comerte la cabeza por eso!
Con respecto a Laurie, creo que JP también tiene razón en eso. Es verdad que es un rollo que te hayas enamorado de su ex, pero esas cosas pasan y tendrá que aceptarlo. ¡Tampoco es que fuera el amor de su vida! Dale un poco de tiempo... estoy segura de que las aguas volverán a su cauce. A veces solo necesitamos un poco

de espacio para perdonar a aquellos a los que queremos...

Como soy tu mejor amiga y tengo derecho a sermonearte, tengo que decirte que te has pasado un poco con JP. Ya sé que ha sido vuestra relación la que ha causado la pelea con Laurie, pero no es culpa de JP que te hayas enamorado de él, ¡y no creo que tengáis que pelearos o cortar ahora que se lo has contado a Laurie! Ya sé que es tu forma de castigarte, pero así solo te haces más daño. Ya sé que eres (MUY) orgullosa, pero yo, en tu lugar, me disculparía y le explicaría cómo me siento. Pero bueno, ¡es más fácil decirlo que hacerlo!

¡Mi cita de ayer fue mejor de lo que esperaba! La última de *Crepúsculo* es MUY buena. El único problema es que la vimos en inglés (no quería parecer tonta proponiendo ir a ver la versión en francés, no la ponen en casi ningún sitio de Montreal), pero bueno, ¡el simple hecho de admirar a Robert Pattinson y Taylor Lautner en la gran pantalla me basta para ser feliz! Alex me tomó de la mano durante la película y yo me dejé. Después del cine fuimos juntos al metro. Como hacía mucho frío, me echó el brazo por encima de los hombros. Estábamos en el centro, todas las tiendas estaban decoradas con las luces de Navidad y estaba nevando. Te juro que fue mágico. Nos paramos en un semáforo en rojo y me miró a los ojos antes de besarme. Fue mucho mejor que la primera vez porque no estaba preocupada por si nos pillaba Éloi o cualquiera de las memas. Cuando nos subimos al metro, nos sentamos y pasamos unos quince minutos besándonos y hablando. Siento que puedo ser totalmente sincera con él y me encanta. Le hablé de Thomas y le dije que todavía me dolía a veces. Él me habló de una chica

que le rompió el corazón este verano y me confesó que le había costado mucho olvidarla. Me gusta, pero no estoy enamorada. No sé muy bien cómo me siento... Le pregunté qué esperaba de mí y me respondió que él también necesitaba tiempo y que no quería agobiarse con preocupaciones. Qué raro, no sé si me considera su novia o no. Personalmente no siento la necesidad de que todo el mundo sepa que estamos juntos, pero me gusta estar con él. Me hace olvidar mis problemas.
He decidido adoptar su actitud pasota, a ver adónde nos lleva todo esto. Seguro que te estás preguntando qué ha pasado con tu amiga, la que se complica siempre la vida con millones de preguntas, ¡yo tampoco me reconozco! Creo que este año he vivido demasiadas emociones fuertes y necesito un respiro de mí misma. «Léa Olivier está de vacaciones en estos momentos, pero puedo pasarle a su ayudante, la señora Pasota.»
¿Y tú? ¿Qué vas a hacer hoy? Yo tengo un montón de deberes. Katherine va a venir esta noche a ver una película con mi hermano y a lo mejor hago de sujetavelas y me uno a ellos si me canso de estar sola.
¡Cuéntame novedades!
Besos,
Léa

Domingo, 8 de diciembre

9:29

Léa (en línea): Pseee.

9:31

Thomas (en línea): ¡Hola! ¿Ya estás despierta?

9:31

Léa (en línea): Sí, anoche me acosté pronto. ¿Qué tal?

9:32

Thomas (en línea): Depende de lo que me digas...

9:32

Léa (en línea): ¿Qué quieres que te diga?

9:33

Thomas (en línea): No lo sé. No busco una solución milagro... Por un lado, te echo de menos y te sigo queriendo, pero, por el otro, sé que nuestra relación no es posible porque estás lejos y ahora nuestras vidas son muy distintas...

9:34

Léa (en línea): ¿Cuándo has madurado?

9:34

Thomas (en línea): ¡Uf! *Touché.* ☺

9:34

Léa (en línea): ☺

9:35

Thomas (en línea): ¿Y tú? ¿Has pensado en ello? ¿Qué opinas de esto?

9:35

Léa (en línea): ¿Quieres que te diga la verdad?

9:35

Léa (en línea): Me das miedo. Cuando veo tu número en la pantalla se me acelera el corazón. Intento no pensar en ti y ser fuerte, pero la verdad es que he estado a punto de llamarte como cien veces desde que rompimos. Estoy empezando a recuperarme y a acostumbrarme a mi nueva vida. No sé qué decirte. Ya sé que debería guardarme las espaldas, pero me es muy difícil no tenerte en mi vida.

9:38

Thomas (en línea): Me pasa lo mismo.

9:39

Léa (en línea): La conclusión es que no he llegado a ninguna conclusión...

9:41

Thomas (en línea): Sé que te cuesta confiar en mí, pero yo tampoco puedo soportar que ya no estés en mi vida. Te echo de menos, tus bromas, tus dramas y tus consejos. Yo tampoco sé cuál es la mejor solución, pero estoy dispuesto a cualquier cosa para evitar perderte.

9:41

Léa (en línea): ¿A qué te refieres?

9:41

Thomas (en línea): Te va a sonar raro, ¿pero crees que podríamos tratar de retomar el contacto?

9:42

Léa (en línea): ¿Te refieres a intentar ser amigos?

9:42

Thomas (en línea): Más o menos... Es mejor que nada y nunca hemos sido amigos antes de salir juntos, así que no perdemos nada por intentarlo. ☺

9:47

Thomas (en línea): ¿Léa?

9:48

Léa (en línea): Eh... estoy pensando.

9:50

Léa (en línea): Vale, pero con dos condiciones.

9:50

Thomas (en línea): ¿Cuáles?

9:51

Léa (en línea): La primera es que no me hables de tus ligues. Por ahora no quiero saber nada de otras chicas. Me dolería demasiado.

9:52

Thomas (en línea): Lo mismo digo. No quiero saber nada de los chicos que se te acercan (excepto *Youppi*). ¿Cuál es la segunda condición?

9:54

Léa (en línea): No quiero que se lo cuentes a Marilou. Ya sé que no es tu mejor amiga, pero si te cruzas con ella no quiero que menciones que nos hablamos o que nos hemos hecho «amigos».

9:56

Thomas (en línea): ¿Puedo preguntarte por qué? Pensaba que os contabais hasta el más mínimo detalle de todo.

9:59

Léa (en línea): Sí... menos cuando se trata de ti. Desde que sale con JP es menos dura contigo porque se ha dado cuenta de que a veces juzga a la gente demasiado rápido, pero eso no cambia que no quiera que retome el contacto contigo. Quiere protegerme y no creo que nuestra «amistad» le parezca bien. Me duele tener que ocultarle algo tan importante, pero prefiero guardármelo por un tiempo.

10:01

Thomas (en línea): Prometido. ☺

10:01

Léa (en línea): Bueno, voy a desayunar. Me alegro de que vuelvas a estar en mi vida, Thomas. Te he echado de menos.

10:02

Thomas (en línea): Y yo a ti, Léa. No sabes cuánto... ¡Hasta luego!

Para: Léa_megusta@mail.com
De: Marilou33@mail.com
Enviado: lunes, 9 de diciembre 19:10
Asunto: Maldito lunes

¡ODIO los lunes! Y el de hoy ha sido todavía peor, porque tenía que encontrarme con Laurie, que no quiere ni mirarme a los ojos, y con JP, que me miraba de reojo esperando que fuera a hablar con él.
A mediodía me senté en una mesa con mi equipo de natación para evitar tener que elegir entre Steph (que estaba sentada con Laurie, quien seguramente se habría marchado al verme llegar, lo que me habría hecho llorar, lo que habría incomodado a toda la cafetería) y JP, a quien no sabía qué decir.
Al final del día vi a JP al lado de mi taquilla. Pensé en lo que me habías escrito (¡gracias por el ánimo, señora Pasota!), decidí coger el toro por los cuernos (y tragarme mi orgullo) e ir a hablar con él.

Yo: Hola.
Él: Hola.
Yo: Mira, ya sé que se me fue un poco la pinza el viernes. Me duele perder a Laurie y la pagué contigo, no debería haberlo hecho. Lo siento.

Me sonrió y me abrazó. Lo peor es que Laurie eligió ese momento para ir a su taquilla. Me separé de JP y me volví hacia ella, que me lanzó la mirada más asesina del mundo y me dejó con la boca abierta. JP me puso la mano en el hombro y me dijo que le diera tiempo.
Ya sé que tenéis razón y que no puedo hacer nada más,

pero me da mucha pena que hayamos dejado de hablarnos. ¿Te puedes creer que yo, Marilou, la eterna soltera, haya perdido a una amiga por un chico? Pero es que quiero de verdad a este chico y no puedo evitar querer estar con él. ¡Uff! ¡Qué complicado es el amor! Me parece que me has influenciado tú. ;)
Besos,
Lou

Para: Marilou33@mail.com
De: Léa_megusta@mail.com
Enviado: martes, 10 de diciembre 17:02
Asunto: ¡Llega la Navidad!

¡Hola!
¡Hoy estoy de buen humor! Debe de ser por la Navidad. Ya sé que no estás muy bien, pero ayer me pareció percibir una sonrisa por Skype. ¡Al menos las cosas se han arreglado entre JP y tú!
Hoy he comido con Alex. Me propuso ir a comer a la cafetería de al lado del instituto y me apetecía mucho. No tenía ningunas ganas de ver a las memas ni tampoco de quedarme en el aula del periódico (Éric no deja de presionarme con que le entregue el texto sobre la orientación para los estudios después del instituto, pero no lo podré acabar hasta la semana que viene).
Cuando estábamos en la calle, Alex me cogió de la mano y me besó con dulzura. Mantener una relación secreta tiene un lado emocionante xD. ¡Ahora empiezo a entender lo que sentías con JP!
Cuando volvimos al instituto nos cruzamos con Éloi, que

me miró de un modo extraño. Me sentí un poco mal. No tengo nada que esconder, pero las cosas no están claras entre nosotros. Antes de entrar en clase fui a hablar con él.

Yo: ¿Qué tal?
Él: Bien, ¡muy bien! Solo me ha sorprendido verte con Alex. No sabía que salíais juntos.
Yo: No salimos juntos oficialmente, estamos conociéndonos. ¿Todo bien entre nosotros? No quiero comprometer nuestra amistad...
Él: ¡Sí, claro! Ya hemos dicho que solo vamos a ser amigos, así que tendré que hacerme a la idea. De todas formas, tu hermano quiere presentarme a una chica, así que a ver qué tal. ¡A lo mejor nos emparejamos los dos! Eh... Es decir, con otra persona.
Yo: ¿Mi hermano, Félix? ¿Desde cuándo sois amigos? ¿A qué chica te va a presentar?
Él: ¡Cuántas preguntas! La chica es una amiga de una amiga suya que no conozco. Y nos hemos hecho amigos de pasar tanto tiempo juntos cuando salía con Marianne. Salíamos los cuatro.

Me sorprendió mucho (y me enfadó un poco). ¿Desde cuándo salía mi hermano con un chico de tercero? Siempre dice que soy muy joven, pero se permite salir con una chica de mi edad y de hacerse el mejor amigo de MI amigo. ¡Arg! ¡Así es Félix! Ya es suficientemente guay, no tiene que robarme los pocos amigos que me quedan y hacer que me convierta oficialmente en la reina de las marginadas. Suspiro. Espiro. Inspiro. La señora Pasota lo está pasando mal en este momento por culpa de una crisis nerviosa xD.

Bueno, me voy a cenar. ¡Voy a aprovechar para hablar con él!
¡Hasta luego!
Besos,
Léa

El blog de Manu

Añade un título: Me siento culpable

Explica tu problema: ¡Hola, Manu! Soy yo de nuevo, Léa. Te escribo para contarte otro drama (ya sé que son muchos, estoy esforzándome por cambiar). Hace poco decidí retomar el contacto con mi ex, Thomas. Vamos a probar a ser amigos porque nos resulta complicado no tener contacto. El problema es que no quiero que mi mejor amiga, Marilou, se entere porque estoy segura de que no va a estar de acuerdo con mi decisión. Sé que quiere protegerme, pero esto me supera. Necesito conservar a Thomas en mi vida y tratar de ser su amiga. No sé si va a funcionar, pero temo arrepentirme si no lo intento.
Nunca antes había mentido a Marilou y me siento superculpable por ocultarle algo tan importante. ¿Crees que hago bien al no confesarle la verdad?
Mil gracias.
Léa, tu admiradora número 1

Manu responde dos preguntas por semana. Tal vez tú seas la elegida...

2

Celos

Para: Léa_megusta@mail.com
De: Marilou33@mail.com
Enviado: jueves, 12 de diciembre 12:08
Asunto: ¡Almorzando con los frikis!

¡Hola!
Este mediodía he decidido aislarme con los frikis en el aula de informática antes que enfrentarme a la locura de la cafetería. JP quería estar con Seb y Thomas, así que aprovecho para escribir a mi mejor amiga.
Hablando de Thomas, no sé qué le pasa esta semana, pero cada vez que me ve me sonríe y hasta lo he pillado silbando. La última vez que lo vi así fue cuando empezó a salir contigo (estaba bajo los efectos de Léa Olivier xD), pero como no le respondiste el correo no sé qué mosca le habrá picado. Le he preguntado a JP si sale con alguien, pero no me ha querido responder (¡se cree que no puede confiar en mí porque te lo voy a contar todo! Está claro que tiene razón, pero aun así me he hecho la inocente). A lo mejor tu rechazo le ha hecho cambiar y metamorfosearse en una persona normal xD. Por cierto, hace tiempo que no me hablas de él, ¿cómo estás?, ¿has conseguido expulsarlo de tus pensamientos?, ¿y qué tal con Alex?, ¿sigues encantada con vuestra no-relación-secreta-fuera-del-alcance-de-los-comentarios-de-las-memas?
Bueno, ya que soy una marginada voy a ponerme con el trabajo de francés y adelantar materia. ¡No se puede ser más friki!
Besos,
Lou

P.D.: Parece que Sarah Beaupré ha roto con su querido Jonathan. ¡JP la ha visto llorando! No sé qué ve en ella...

Para: Léa_megusta@mail.com
De: Thomasrapa@mail.com
Enviado: viernes, 13 de diciembre 7:22
Asunto: Viernes 13, ¡bu!

¡Hola, mi nueva amiga!
Te escribo porque, aunque no entiendo por qué, ¡sé que te dan miedo los viernes 13! Un consejo de parte de un amigo: no vayas en metro a barrios desconocidos... ¡puedes perderte!
Me voy al instituto, he quedado con Sarah antes de la primera clase para terminar los deberes de mates. Ya sé que no te gusta, pero quiero que sepas que su ayuda me ha servido para algo: mi media ha aumentado a un 6,4, así que si sigo así, ¡aprobaré el curso! :)
Escríbeme si tienes un par de minutos, quiero asegurarme de que has sobrevivido al día.
Thomas

Para: Marilou33@mail.com
De: Léa_megusta@mail.com
Enviado: viernes, 13 de diciembre 12:10
Asunto: Viernes 13...

¡Lou!
¡Lo siento! Quería haberte respondido ayer, pero tenía que terminar el trabajo de inglés, ¡como imaginarás, me llevó toda la noche! *Hello, my name is Léa, a.k.a. Miss Patosa, and... eh... yes, no, maybe, toaster, please?* ¿Notas alguna mejora? xD
Menos mal que Jeanne me ayudó después de clase y mi

padre me lo corrigió, si no, ¡se habría parecido a eso que te he escrito! ¿Por qué me suena a chino?
Para compensar, he decidido escribirte en directo desde el aula del periódico. No es tan friki como el aula de informática pero bueno, me siento rebelde al escribirte en lugar de estar trabajando, ¡así que espero que cuente!
Hoy es viernes 13, ¡odio los viernes 13! No sé por qué la gente tiene miedo de Halloween y de los espíritus, la verdadera amenaza está en los viernes 13. Normalmente no los paso muy bien y hoy no es una excepción.
Todo comenzó con una discusión con Félix por el uso del baño esta mañana. Él siempre se ducha antes que yo, ¡y ya estoy harta! Además, desde el martes nuestra relación es un poco tensa.
El martes después de cenar fui a hablar con él a su habitación para que me explicara las novedades de su vida social (por qué me roba los amigos). Quería hablarlo en la comida, pero mis padres habían invitado a un amigo suyo y no quería incomodarlos.

Yo: Félix, ¿puedo preguntarte por qué de repente sales con Éloi?
Él: No es de repente. Su ex es una de las mejores amigas de Katherine y hemos salido algunas veces juntos. Es simpático.
Yo: Vale, pero ¿por qué eres amigo suyo? Es MI amigo. ¿No es un poco joven para ti?
Él: Mi novia tiene su edad... ¡y que yo sepa tú también!
Yo: Por eso mismo, ¡no dejas de decirme que no soy nada madura!
Él: Sí, pero Éloi es más maduro que tú, ¡la edad me da igual! Tengo amigos en la uni y amigos en tercero, cuarto

y quinto de secundaria. ¡Lo importante es que congeniemos! ¿Qué problema hay?
Yo: No hay ningún problema. Es solo que me ha dicho que le vas a presentar una chica, y me parece raro.
Él: ¿Por qué?
Yo: Dímelo tú. Su ex es amiga de tu novia. ¿No crees que es raro presentar una chica al ex de la amiga de tu novia?
Él: Me he perdido, Léa.
Yo: ¡Marianne no se va a poner muy contenta cuando Katherine le cuente que le has presentado una chica a su ex!
Él: No es mi problema y no creo que Katherine quiera meterse tampoco. ¿Has visto? Por eso digo que eres una inmadura, te importa demasiado lo que piensen los demás.
Yo (abriendo y cerrando los puños): ¡Eres tú el que no entiendes lo que digo! ¿Y quién es esa chica que le vas a presentar a Éloi?
Él: Una amiga de Édith, fuiste conmigo a una fiesta a su casa.
Yo: Ah, vale. ¿Cuántos años tiene?
Él: Dieciséis, como yo.
Yo: ¿Y no le importa que Éloi solo tenga catorce años?
Él: En menos de dos semanas cumple quince, y no, no le importa. Éloi es muy maduro. Le he enseñado a la chica una foto y le parece mono.
Yo: ¡Pues a mí me parece una estupidez!
Él: ¿Qué pasa?, ¿estás celosa?
Y: ¡Para nada! Es solo que... no sé, acaba de dejar a Marianne. Me parece que es un poco pronto.
Él: No tiene por qué privarse, como tú.
Yo (elevando el tono de voz): Yo no me estoy privando. ¡Ya sabrás que salgo con alguien!

Él: Vale, entonces si tú sales con alguien y estás olvidándote de Thomas, creo que Éloi puede hacer lo mismo con Marianne. Y te repito que yo no me meto en su vida. Solo le he propuesto presentarle una chica que me parece guapa. Y ella también lo ve mono.
Yo: ¡Tú y tus chicas guapas! ¡Me pones de los nervios!
Él: ¡Pues vete!
Yo: Pues sí. BYE.

Lo evito desde entonces. ¡Me saca de mis casillas! ¿Por qué siempre tiene respuesta para todo? ¿Por qué es amigo de todo el mundo? Y, sobre todo, ¿por qué tiene que jugar a Cupido y buscarle novia a Éloi?
No he vuelto a ver a Alex desde el martes. Me lo he cruzado varias veces en el instituto, pero sin más. Esta mañana me preguntó si quería hacer algo el fin de semana, pero le dije que estaba muy ocupada, lo que (casi) es verdad. Le prometí a mi madre que el viernes por la noche la acompañaría al Museo de Arte Contemporáneo (de repente me siento muy culta) y el domingo he quedado con Annie-Claude para seguir con el proyecto de los de quinto de secundaria. Ya sé que no tengo planes para el sábado, pero quiero tiempo para hacer los deberes y demás...
Bueno, tengo que dejarte. Acaba de llegar Éloi y me ha prometido que va a ayudarme a revisar las preguntas que quiero hacerles a los alumnos de quinto.
¡Hasta luego!
Besos,
Léa

P.D.: En lo que respecta a Thomas, nada que decir. Puede que esté reprimiendo mis sentimientos, pero sobrevivo. :)

Para: Thomasrapa@mail.com
De: Léa_megusta@mail.com
Enviado: viernes, 13 de diciembre 22:41
Asunto: ¡He sobrevivido!

¡Hola, mi nuevo amigo!
Gracias por pensar en mí en este día traumático. No es que haya sido el día más bonito de mi vida, pero he sobrevivido, ¡que es lo que cuenta! Acabo de llegar de pasar la tarde en un museo con mi madre. Esta noche me acostaré siendo menos boba xD.
Qué curioso, me ha hablado justamente de ti.

Ella: ¿Cómo llevas lo de Thomas?
Yo: Bien (ya sé que soy parca en palabras con mis padres).
Ella: Léa... ya te lo he dicho, ¡puedes hablar conmigo! No soy tan vieja.
Yo: Ya, pero no me atrevo, no vaya a ser que se lo cuentes a papá. Él no lo entendería.
Ella: Me parece que lo subestimas, pero bueno. Te prometo que no le voy a decir nada.
Yo: No tengo nada especial que contar. Sigue resultándome difícil; de verdad que pensaba que lo nuestro iba a durar para toda la vida, y estoy muy decepcionada. No puedo evitar desear que volvamos a estar juntos algún día.
Ella: Tal vez. La distancia de ahora no siempre será insuperable, pero por ahora es imposible y creo que has tomado la mejor decisión al esforzarte en construir tu vida aquí y cortar los lazos con él. Así es más fácil, te lo prometo.

No pude responder a eso, así que me conformé con mirar al horizonte; me daba miedo que se diera cuenta de que me sentía confusa. Ya sé que tendría que haber aprovechado para contarle que hemos retomado el contacto, pero no quería que me soltara un discurso. Puede que una parte de mí sepa que no es una buena idea, pero amortigua el dolor y no quiero pensar mucho en ello... Supongo que a ti te pasa lo mismo.
Pasando a otro tema, estoy muy contenta de que tus notas hayan mejorado. :) ¡Sabía que no eras tan malo en mates! ¡También me alegro de haber encontrado una utilidad a la existencia de Sarah Beaupré! ;)
Hasta luego.
Besos,
Léa

P.D.: Marilou me ha dicho que te ve más feliz desde hace un tiempo. ¿Tiene algo que ver nuestra reciente amistad?

Para: Léa_megusta@mail.com
De: Marilou33@mail.com
Enviado: sábado, 14 de diciembre 11:38
Asunto: ¡Hola, Léa! Te habla tu subconsciente

Aprovecho que estás «haciendo los deberes» para hacer de tu subconsciente. Ya sé que te cuesta admitirlo, pero ¿es posible que estés (un poco) celosa porque Éloi salga con otra chica? Después de todo, cuando salía con Marianne no te lo tomaste muy bien.
Ya sé lo que me vas a decir: «Tú alucinas; no es verdad; no quiero perderlo como amigo; eres la mejor amiga del

mundo entero...» (vale, estoy exagerando xD), pero me da la sensación de que no te agrada conocer su vida amorosa.

A lo mejor es que te gustó que se te medio declarara porque era señal de que no iba a desaparecer de tu vida, pero si tú no quieres salir con él ¡no puedes impedir que salga con otras chicas! Solo es una reflexión, a lo mejor me equivoco, pero quizás esto explica por qué no quieres ver a Alex este fin de semana y por qué tu hermano te pone de los nervios. Ya sé que crees que Félix tiene un encanto innato y que te exaspera que siempre atraiga todas las atenciones, pero sus intenciones no son malas. No digo esto porque haya estado (mucho tiempo) (locamente) enamorada de él, sino simplemente porque me parece que eres demasiado dura con él. Si tu hermano sale con tus amigos, mejor, ¿no? Al menos yo daría cualquier cosa por tener un hermano mayor guay en lugar de un hermano pequeño al que tengo que cuidar todo el tiempo y que no para de meterse en mis asuntos. ¡Ay! ¡Supongo que nadie tiene nunca lo que quiere!

Ayer por la noche JP y yo fuimos con Seb a ver una peli a la casa de Steph. ¡Fue guay actuar de forma natural con JP delante de otros! He ido con pies de plomo durante toda la semana para evitar hacer daño a Laurie (lo que no ha tenido ningún efecto porque sigue ignorándome y cuando nuestras miradas se cruzan me mira como si fuera la encarnación del diablo). Hoy tengo que ayudar a mi madre a preparar los pasteles de carne para Navidad. Le he dicho que quedan cinco días para Navidad y que no hay prisa, pero no atiende a razones. Como ha invitado a toda la familia (incluidos mis tíos, tías y primos) quiere adelantar trabajo y congelarlo todo.

¡Te dejo antes de que me amenace con el rodillo de pastelería!
Besos,
Lou

Para: Léa_megusta@mail.com
De: Thomasrapa@mail.com
Enviado: domingo, 15 de diciembre 10:22
Asunto: ¡Qué frío!

¡Hace -15 grados fuera! No pienso salir hoy. Tenía que ir al taller, pero ya iré mañana.
Es verdad que llevo un tiempo de mejor humor y que en parte tú eres la responsable. ☺
Por cierto, Sarah me preguntó si habíamos retomado el contacto. Tan solo le dije que había tenido noticias tuyas, pero le hice prometer que no diría nada. No temas, al contrario de lo que piensas, no busca destrozarte la vida. Me aprecia de verdad y estoy seguro de que no me va a traicionar.
Con respecto a la charla con tu madre, entiendo totalmente lo que sientes y ya sabes que pienso igual. No sé qué nos deparará el futuro, pero no pierdo la esperanza.
Me alegro de que sobrevivieras al viernes 13. Ya sé que *Youppi* está entre tus ligues, pero dile que lo estoy vigilando. ¡Ni su tamaño ni su pelo naranja me dan miedo!
Thomas

Domingo, 15 de diciembre

17:32

Léa (en línea): ¿Éloi?, ¿estás ahí?

17:32

Éloi (en línea): Sí, estoy haciendo los deberes. ¿Qué tal?

17:35

Léa (en línea): Bien, he pasado el día con Annie-Claude. Hemos acabado el artículo sobre los estudios. Le hemos preguntado a Félix qué tiene pensado hacer y él les ha pedido a cuatro amigos suyos de quinto que respondan a nuestras preguntas. Solo nos queda recopilar las respuestas, ¡así que mañana por la noche le podremos enviar el artículo a Éric!

17:36

Éloi (en línea): ¡Genial! ¡Sois unas máquinas! xD ¿Te ha mencionado algo Éric del número de enero?

17:37

Léa (en línea): Sí, me ha pedido que escriba un breve texto de ficción para inaugurar la sección de literatura. ¡Qué nervios! Nunca he escrito nada de ficción..., me parece que se me dan mejor los testimonios xD. Pensaré en algo. ☺

17:38

Éloi (en línea): ¡Confío en ti!

17:38

Léa (en línea): ¿Y tú cómo has pasado el fin de semana? Tenías una cita ayer, ¿no?

17:39

Éloi (en línea): ¡No te puedo ocultar nada! ;) Quedé con la chica, pero Félix y Katherine estuvieron todo el tiempo con nosotros, así que yo no lo llamaría una «cita» xD.

17:41

Léa (en línea): ¿Y qué tal?

17:44

Éloi (en línea): Eh... Pues es muy simpática. Y Félix tenía razón, ¡es muy guapa! Pero todavía no la conozco bien. El miércoles volveré a verla para tomar café y la he invitado a mi fiesta del viernes en casa de Jeanne. Por cierto, espero que vayas.

17:45

Léa (en línea): Sí, iré.

17:46

Éloi (en línea): ¿Qué tal con Alex?

17:46

Léa (en línea): Bien...

17:46

Éloi (en línea): ¡Qué bien! ¡Me alegro de que congeniéis!

17:46

Léa (en línea): Sí.

17:46

Éloi (en línea): ¿Estás enfadada?

17:47

Léa (en línea): No, ¿por qué iba a estarlo?

17.47

Éloi (en línea): No sé... de repente te noto un poco fría.

17:48

Léa (en línea): No, lo siento. Estaba haciendo otra cosa al mismo tiempo. Estoy deseando conocerla. Espero que os vaya bien. Bueno, ¡me tengo que ir! ¡Hasta mañana!

17:49

Éloi (en línea): Adiós, Léa.

Para: Marilou33@mail.com
De: Léa_megusta@mail.com
Enviado: lunes, 16 de diciembre 21:14
Asunto: ¡¡¡Solo cinco días!!!

¡Hola, guapa!
¡Solo quedan cinco días para que acabe el instituto! ¡¡Ya huelo a vacaciones!! ♥
El lunes que viene, el 23, salgo para Mont-Tremblant, donde me quedaré hasta el día 30. No tenía planes para Año Nuevo, pero Félix me ha propuesto que vaya con él a una fiesta en la casa de uno de sus numerosos nuevos amigos (es uno a los que les hemos hecho las preguntas, así que al menos lo conozco un poco). Me parece que su invitación es una especie de tratado de paz, así que he seguido tu consejo y he perdonado su exceso de sociabilidad aceptando la invitación. Katherine va a pasar ese día en familia, ¡así que por una vez no seré la tercera en discordia! Incluso mis padres me han dado permiso para celebrar las doce campanadas allí, ¡aunque mi padre vendrá a buscarme a las doce y media en punto! No habrá fiestón en casa de los Olivier xD (mis padres van a pedir pizza y escucharán algo como el *Bye Bye*. ¡Qué rollo!).
Volviendo a tus alegatos (otra palabra que he aprendido por los artículos de Éloi), admito que me puse un poco celosa al pensar en Éloi saliendo DE NUEVO con una chica. ¡En serio! ¿Qué le pasa? ¿No puede estar soltero ni dos minutos? ¡Y no vayas a decirme que yo hago lo mismo! Yo he salido un poco con Alex para entretenerme, pero no se me pasa por la cabeza formar una familia con él.
La verdad es que me hubiera gustado pasar más tiempo

con Éloi (como amigos), pero como (otra vez) sale con una chica, me da la impresión de que voy a perder de nuevo mi lugar en su vida. Me ha contado que ha tenido una primera cita con la señora Perfecta (la llamo así porque no sé su nombre), así que el mal ya está hecho. La única buena noticia es que como los rumores vuelan, Marianne y Maude ya saben de la existencia de la señora Perfecta y han dejado de darme la lata con Éloi. ¡Ahora solo les queda martirizarme con Alex!
Me alegro por JP y por ti. Espero sinceramente que Laurie acabe entendiéndolo.
Voy a darme un baño antes de acostarme. Hoy he entregado el artículo y tengo la cabeza loca. Además, tengo dos exámenes y un trabajo que entregar esta semana. No sé por qué mi padre está todo el día quejándose de que el trabajo lo agota, ¡la secundaria es mucho peor!
¡Te echo de menos! ¡Estoy deseando que llegue el 16 de enero!
Besos,
Léa

Para: Léa_megusta@mail.com
De: Marilou33@mail.com
Enviado: martes, 17 de diciembre 16:58
Asunto: Vaya asco de día
Un archivo adjunto: Correo de Laurie

¡Hola, Léa!
Hoy he tenido un día difícil. Todo comenzó esta mañana, cuando JP vino a darme un besito a mi taquilla. Cuando me volví hacia él, vi que Laurie estaba justo detrás de

nosotros y me miraba con odio, JP carraspeó (estaba muy incómodo), me lanzó una mirada de buena suerte y se marchó. Laurie se acercó a mí con una caja en las manos.

Ella: Hola, solo quería devolverte tus cosas que tenía en casa.
Yo: ¿No crees que estás exagerando, Laurie? Entiendo que estés enfadada, pero estás reaccionando como si estuviéramos rompiendo.
Ella: Exactamente, estoy rompiendo contigo. La ruptura de una amistad. En todos lados recomiendan deshacerse de los objetos que nos recuerdan a la otra persona, así que quería devolverte tus cosas. ¿Serías tan amable de devolverme tú también las mías?
Yo (con lágrimas en los ojos): Laurie... lo siento. Ya sé que no ha estado bien mentirte, pero no puedo controlar mis sentimientos... ¿Qué tengo que hacer para que volvamos a ser amigas?
Ella: Suponiendo que pueda perdonar que me hayas mentido, deberías romper con JP. Difícilmente podría ser tu amiga si sales con él.
Yo: Y yo difícilmente veo que pueda cortar con él para hacerte feliz. Le quiero de verdad, Laurie.
Ella: Pues eso responde a tu pregunta. Tráeme mis cosas mañana, por favor. *Bye.*

Se fue y me quedé allí plantada con la caja en las manos. Unos segundos después llegó Steph y le conté lo que había sucedido.

Steph: Ya sabes que Laurie siempre exagera y que tiende a reaccionar de forma hiperdramática. Creo de verdad que podéis arreglar las cosas, pero a lo mejor tienes que darle un poco de tiempo, hasta después de Navidad. Mientras tanto puedes escribirle una carta, seguro que le gusta.

He seguido su consejo y le he escrito un correo a Laurie que me dispongo a enviarle. Te lo envío como archivo adjunto. Dime qué te parece.
Me voy, que tengo que comer algo antes de ir al entrenamiento de natación.
Besos,
Lou

Archivo adjunto:

¡Hola, Laurie!
Ya sé que no quieres hablar conmigo, pero quiero contarte lo que siento.
Primero, lo siento de nuevo por haberte mentido. Sabía que ibas a reaccionar mal y no sabía cómo gestionar la situación, así que preferí esperar a que te recuperaras de la ruptura.
Si quieres mi opinión, creo que lo que te pasa es más bien un problema de orgullo. JP te hizo daño al romper contigo (de una forma cobarde, lo admito) y todavía te hace más daño saber que le va bien con otra chica (conmigo). JP y tú no estabais hechos para estar juntos. No lo digo para justificar nuestra relación, sino porque te imagino con un chico más serio que te colme de atenciones. Creo que mereces a un chico extraordinario que te haga feliz y te quiera tanto como tú a él.
Perdona otra vez por haber traicionado tu confianza.

Nunca habría imaginado que un chico destrozaría nuestra amistad pero a veces no podemos controlar lo que sentimos ni de quién nos enamoramos.
Espero que un día sepas perdonarme y volvamos a ser amigas.
Te echo de menos.
Marilou ♥

Para: Thomasrapa@mail.com
De: Léa_megusta@mail.com
Enviado: martes, 17 de diciembre 19:45
Asunto: *Hello, my friend!*

¿Te impresiona mi inglés? xD Estoy estudiando para el examen de mañana. Jeanne no puede ayudarme porque lo de hoy hay que aprendérselo de memoria. Estoy estudiando los verbos irregulares, y lo siento por Shakespeare, pero esto no tiene ninguna lógica. Ya sé que se supone que el francés es cincuenta veces más difícil, pero al menos tiene cierta coherencia, ¿no?

Be	*Was*	*Been*
Begin	*Began*	*Begun*
Forget	*Forgot*	*Forgotten*

Lo siento, te estoy utilizando de excusa para tomarme un descanso xD.
Vuelvo a los verbos, ¡espero que sobrevivas a la última semana de exámenes!
Besos,
Léa

Para: Marilou33@mail.com
De: Léa_megusta@mail.com
Enviado: miércoles, 18 de diciembre 19:22
Asunto: ¡Soy una friki!

¡Hola!
Antes que nada tengo que felicitarte por tu correo. Es sincero y emotivo. Tienes razón en que más bien se trata de un tema de orgullo, estoy segura de que, en el fondo, tampoco le quiere tanto. Conociendo a Laurie, seguramente estaba enamorada del amor y quería tanto tener un novio que se dejó llevar. Como Steph, creo que se le acabará pasando. Déjale un poco de tiempo.
Por mi parte, esta semana no ha sido muy emocionante. ¡Estudio hasta mediodía! Hoy tenía un examen importante de inglés y creo que no me ha ido mal. Mañana tengo examen de mates y tengo que repasarlo todo porque tengo la sensación de que no entiendo nada. :(
Y aquí las noticias que te interesan: Alex vino a hablar conmigo hoy porque dice que llevo unos días rara.

Él: ¿Estás bien, Léa?
Yo: ¡Hola! Eh... bueno, sí... no... (de nuevo tartamudeando). Sí, pero llevo toda la semana con exámenes, así que estoy un poco estresada.
Él: Yo también tengo muchos exámenes pero intento no estresarme, no sirve de nada.
Yo: ¡Guau! Dime cómo lo haces.
Él (acercándose a mí): ¡Ningún problema! ¿Quieres que nos veamos después de clase para que te lo cuente?
Yo (incómoda): Eh... Eh, gracias, pero tengo que estudiar esta tarde.

Él: ¿Qué pasa, Léa? Estás muy fría desde la semana pasada. ¿Te parezco muy pegajoso? Si quieres espacio puedes decírmelo.
Yo: ¡No! No es eso... perdona, reacciono así cuando me estreso. Esta semana no puedo, de verdad, pero podemos vernos el viernes en la fiesta de Jeanne, ¿no? Si quieres podemos ir juntos.
Él (sonriendo): ¡Vale!

Me dio un beso en la mejilla y se fue. Justo entonces vi que Marianne, Lydia y Maude me miraban cuchicheando. Sophie estaba sentada detrás de ellas y parecía estar llorando.
Decidí ignorarlas, pero Maude se acercó a mí.

Ella: Estás haciendo daño a Sophie.
Yo: Maude, ya te he dicho que no puede reprocharme nada. Si tanto le gusta Alex, ¿por qué no se lo dice?
Ella: Es evidente que la va a rechazar, parece que le gustas tú.
Yo: Lo siento, yo no controlo sus sentimientos.
Ella: Al menos espero que no tengas pensado meterles mano a todos los chicos del instituto sin que yo intervenga.
Yo: No es mi intención, Maude.

En ese momento llegó Jeanne.

Jeanne: ¿Qué tal?
Maude (sonriendo como una hipócrita): Bien, estaba comentándole a Léa las ganas que tengo de verla en tu fiesta. ¡Hasta el viernes, Léa!
Giró la cabeza y sus rizos revolotearon. Llevaba unos vaqueros muy ajustados y un jersey que vi en el escapa-

rate de una tienda y que le pedí a mi madre para Papá Noel (nota mental: decirle que no me lo compre).

Jeanne: Qué raro, tenía la impresión de que no estaba diciéndote las ganas que tiene de verte en la fiesta.
Yo: Ya... lo has adivinado. Las chicas piensan que les robo todos los chicos del instituto. No entiendo por qué me atacan tanto.
Jeanne: Adoro a Maude, pero sé que puede comportarse como una fiera cuando se pone celosa. Lo mejor es ignorarla, como bien haces. Cuanto más la desafíes, más problemas querrá buscarte.
Yo: Ya... Bueno, cambiemos de tema. ¿Va el amigo de Alex a la fiesta?
Jeanne (ruborizándose): Eh... ¿qué amigo?
Yo: ¡Ese amigo tan simpático que hacía coreografías!
Jeanne: ¡Ah, ya! Le he dicho a Alex que invite a sus amigos, no sé si vendrá o no.
Yo: Jeanne, está bien interesarse por un chico, ¿sabes? ¡No voy a juzgarte por ello!
Jeanne (riéndose): ¿Tanto se nota? Ya sé que es normal, pero no quiero novio. Mis amigas se pasan todo el día discutiendo por culpa de los chicos y no me apetece nada pasar por lo mismo. Tampoco quiero que un chico me haga daño.
Yo: Te entiendo. Deja que las cosas sigan su ritmo y a ver qué pasa. Si se presenta la ocasión y de verdad quieres estar con él, pues mejor; pero si crees que no estás lista, déjalo estar.
Jeanne: ¡Guau! Se te da bien dar consejos.
Yo: ¡Ja, ja! ¡Lo intento! Si fuera tan buena para aplicármelos a mí misma no tendría la sensación de formar par-

te del elenco de *One Tree Hill* ni pensaría que mi vida es un culebrón.

Estaba mirando a las memas cuando le dije esto. Vi que Sophie se levantó y se dirigió corriendo hasta Alex, que pasaba por allí. Estaba riéndose y haciendo lo que fuera para atraer su atención. Admito que Jeanne tiene algo de razón cuando habla de chicos, es verdad que enloquecemos y que nos hacen sufrir. Ojalá pudiéramos ignorarlos. ;)
Besos,
Léa

Para: Léa_megusta@mail.com
De: Katherineminina@mail.com
Enviado: jueves, 19 de diciembre 15:59
Asunto: Mañana

¡Hola, Léa!
¡Espero que los exámenes de esta semana vayan bien! Por mí bien, aunque tu hermano me desconcentra mucho xD. Antes que nada quería decirte que me parece genial que podamos pasar más tiempo juntas gracias a él. Así puedo conocerte mejor e introducirme en la familia Olivier xD. También quería preguntarte si te importa que invite a Félix mañana por la noche. Ya lo conoces, no quería pedirte permiso, pero sé que habéis discutido porque piensas que se inmiscuye en tu vida, así que he preferido preguntártelo antes.
¡Ánimo con el estudio!
Bss,
Katherine

Viernes, 20 de diciembre

17:01

Marilou (en línea): ¡¡¡LÉA!! ¡¡VACACIONES!! ¡¡¡YUPI!!!

17:01

Léa (en línea): ¡¡Sí!! ¡Estoy CONTENTÍSIMA! ¡¡He estado empollando tanto durante la semana que ni me he dado cuenta de que se ha terminado!!

17:02

Marilou (en línea): ¿Qué haces? ¡Yo me estoy arreglando para la fiesta de Navidad del instituto! Seguro que es un rollo, como todos los años, pero al menos podré bailar las canciones lentas con un chico xD.

17:03

Léa (en línea): xD Yo también me estoy arreglando para la fiesta en casa de Jeanne. Pero no sé qué ponerme (como de costumbre). A lo mejor opto por un vestido.

17:04

Marilou (en línea): ¡Buena idea! Así irás diferente. ¿Por qué no te pones el vestido rojo de lana? ¡Así vas navideña!

17:05

Léa (en línea): ¿No te parece demasiado ajustado? Me da la sensación de que se me nota mucho la barriga con ese vestido.

17:05

Marilou (en línea): 1: ¿Qué barriga? ¿Quieres dejar de acomplejarte por cosas que no existen, por favor? 2: Es ajustado en su justa medida. ;) No es nada vulgar.

17:07

Léa (en línea): Vale, vale, ¡me arriesgaré! (Uno de mis propósitos para el año nuevo: decir más lo que pienso y llevar la ropa que quiero llevar sin preocuparme tanto por lo que dirán los demás. ¡La señora Pasota ha vuelto!)

17:08

Marilou (en línea): ¡Muy bien, Léa! Ya veo que te he influenciado, ¡muajaja!

17:08

Léa (en línea): Ah, por cierto: Katherine me ha escrito para preguntarme si puede invitar a Félix esta noche. Le he dicho que sí. A las memas les resultará divertido.

17:09

Marilou (en línea): ¡Genial! ¿Se ha despedido con un «Bss»?

17:09

Léa (en línea): ¡Sí! ;)

17:09

Marilou (en línea): xD Bueno, te dejo, acaba de llegar JP. ¡Te quiero, guapa! ¡Diviértete hoy con Alex! O con Éloi...

17:10

Léa (en línea): ¡Ufff! ;) ¡Diviértete tú también! ¡TQM! ♥

Para: Marilou33@mail.com
De: Léa_megusta@mail.com
Enviado: sábado, 21 de diciembre 00:41
Asunto: (Sigo) perdida

¡Hola!
No puedo dormir, así que he pensado que puede servirme de ayuda contarte mi noche.
Todo comenzó bien: Alex vino a casa con Katherine y salimos los cuatro para la casa de Jeanne. Mis padres le dejaron el coche a Félix (bajo juramento solemne de que no consumiría ni una gota de alcohol. De todas formas, los padres de Jeanne estaban allí, así que solo había refrescos, un ponche de frutas y agua).
Le había comprado un regalo a Éloi por su cumpleaños (un boli muy original de su grupo preferido, ya que siempre me roba los míos, sobre todo el de Justin Bieber) y le había escrito una tarjeta de cumpleaños:

¡Espero que cada vez que utilices este regalo te acuerdes de mí! Feliz cumpleaños,
Léa

(El mensaje es importante para lo que sucedió después.) Jeanne había decorado el sótano y todo el mundo tenía que llevar un gorro de Papá Noel. Al llegar, Sophie y las memas se sentaron con Katherine y mi hermano, así que pude respirar tranquila un poco y bromear con Éloi. Édith y la señora Perfecta llegaron poco después (la señora Perfecta, efectivamente, es igual de guapa que una modelo. Parezco un trol a su lado). Alex aprovechó el momento para acercarse a mí y rodearme la cintura con los brazos.

Él: ¡Hola!
Yo: ¡Hola!
Él: Estás guapísima hoy.
Yo (ruborizándome): Gracias.

Después sonó una canción lenta y vi que Éloi bailaba con la señora Perfecta. Cogí a Alex de la mano y lo arrastré hasta la pista de baile. Mientras bailábamos mi mirada se cruzó con la de Éloi, le sonreí y me respondió con un guiño. Justo en ese momento me di cuenta de que no estaba enamorada de Alex. Me gusta mucho y me parece muy guapo (y besa bien), pero la verdad es que lo estaba utilizando para poner celoso a Éloi. Ya sé que ya me lo habías dicho, pero tenía que darme cuenta yo.
Después de la canción lenta, me aparté con suavidad y fui a sentarme con Katherine y mi hermano. Menuda sorpresa me llevé, le estaba plantando cara a Félix, ¡menudo carácter!

Él: Qué rollo, ¿podemos irnos ya?
Ella: ¡Pero si acabamos de llegar!
Él: Sí, pero Édith quiere que vayamos a una fiesta más divertida que organizan unos amigos nuestros.
Ella: No me siento muy cómoda con tus amigos de quinto, me miran como si fuera una cría.
Él: Y yo no estoy cómodo aquí, y menos si veo a mi hermana pegada a un chico que no conozco.
Yo: ¡Idiota!
Ella: ¡Sí conoces a Alex! Yo quiero quedarme al menos una hora. Si quieres esperarme, genial. Si no, te puedes ir sin mí.

¡Tendrías que haber visto la cara de mi hermano! ¡Parecía tan sorprendido como yo al verla reaccionar así! Le hice una señal con los ojos para que se calmara.

Él: Vale, aguantaré un poco más, pero sigue siendo un rollo.

En ese momento apareció Éloi.

Éloi: ¿Quieres bailar?
Yo: Eh... ¡vale!

Al levantarme me acerqué a su oído para susurrarle.

Yo: ¡Gracias por salvarme! Estaba en medio de una discusión de pareja.

Éloi me tomó entre sus brazos y bailamos durante un buen rato. Sentí la misma tensión que en el baile de Halloween, pero esta vez tenía las cosas claras: sabía que quería estar con él. Y también sabía que ese no era el mejor momento para decírselo, sobre todo con la señora Perfecta y Alex por allí. Por cierto, qué curioso, como la señora Perfecta va a quinto, Marianne y Maude no se atreven a meterse con ella. De todas formas, tampoco se fijaron mucho en mí; por suerte, Maude estaba demasiado ocupada discutiendo con José para molestarse en fastidiar a los demás.
Jeanne, que apareció con una tarta enorme de cumpleaños, interrumpió nuestro (prolongado) baile. Todo el mundo se puso a cantar y Éloi parecía supercontento. Desde sus dos metros de altura (moderada exageración), la señora Perfecta lo abrazó delante de mis narices, como

para demostrarme que no tenía ninguna posibilidad. Después la gente empezó a darle los regalos. Fui a buscar el mío, pero no encontraba la carta. Busqué por todas partes, pero había desaparecido.
Justo entonces oí a Jeanne exclamar: «¡Toma, Éloi! ¡El regalo de Léa!», y vi que le daba mi carta, pero el regalo no era el mío, ¡tuvo que ser una confusión!
Éloi leyó la carta y después desenvolvió el regalo falso antes de que me diera tiempo a intervenir. ¿A que no sabes qué era? ¡Una escobilla del váter! Si te acuerdas, mi carta decía: «¡Espero que cada vez que utilices este regalo te acuerdes de mí!» ¡Qué vergüenza!
Se hizo un enorme silencio y todos se volvieron hacia mí (primer horror: todas las miradas se posan sobre mí y me pongo, literalmente, roja como un tomate). Éloi blandía la escobilla sin entender lo que significaba.

Yo: Eh... Yo... Pero... Ese no es... ¡Felicidades! (Segundo horror: vuelve mi tartamudeo.)
Alex: ¡Eh! ¡Ese es mi regalo! Solo me ha dado tiempo de pasar por la farmacia, pensé que una escobilla te gustaría.
Yo: Ya... a eso me refería... Ese... Ese no es mi regalo.

Alex notó mi incomodidad y enseguida atrajo la atención hacia la escobilla, por lo que pude respirar y huir hasta el baño para echarme agua en la cara (con el fin de volver a tener un color normal).
Éloi me estaba esperando fuera del baño. (Tercer horror: menos mal que no hice pipí, porque si no me habría oído.)

Él: Si no es la escobilla del váter lo que me tiene que recordar a ti, ¿qué es?

Yo: ¡Ja! Qué bueno, una escobilla es bastante práctica también. ¡Ja! (Cuarto horror: hablar de forma histérica sin poder controlarme.)
Él: ¡Estás muy rara de repente! ¡Venga! ¿Cuál es mi regalo? El de verdad.

Habría sido muy romántico responderle con un beso (como en las películas), pero en lugar de ello continué tartamudeando y me atraganté. Me miró mientras se rascaba la cabeza.

Él: ¿Estás bien?
Yo: ¡Sí! ¡Ejem! (¡Tos!) Yo... Yo... (Tos) voy... a buscarlo.

Al fin conseguí darle mi (verdadero) regalo sin sufrir un ataque de pánico. Pareció muy contento (y seguro que aliviado porque no era papel higiénico). Después fuimos a sentarnos con Jeanne y Annie-Claude, que se estaban divirtiendo imitando a los profes. ¡Me reí tanto que acabé con dolor de barriga! El amigo de Alex (que se llama Alexis) llegó justo en ese momento. Jeanne y él estuvieron hablando un buen rato (¡ejem, ejem! Continuará...). Alex se vino con nosotros y seguimos contando bromas hasta que Katherine nos interrumpió.

Ella: Perdonad que os moleste, pero Félix está muy pesado, así que creo que vamos a ir un rato a la otra fiesta. Léa, ¿quieres venirte?

Me volví hacia Éloi. Vi que se había levantado y que estaba buscando su abrigo; se iba con Édith, la señora Perfecta, Félix y Katherine. Mierda.

Yo: No, está bien. Me quedo aquí con Alex, Jeanne y Annie-Claude.
Katherine: ¿Y quién te va a acompañar a casa?
Alex: Mi amigo Alexis tiene carné de conducir. Nosotros te acompañamos, Léa.
Félix (inmiscuyéndose en la conversación): ¿Quién es Alexis? Discúlpame, Alex, pero tengo que asegurarme antes de dejar a mi hermana de catorce años montarse en un coche con un chico que no conozco.

Suspiré, aunque en el fondo me alegré de que Félix me protegiera tanto. De todos modos, intervine para facilitar las cosas.

Yo: Gracias, Alex, pero le pediré a mi madre que venga a por mí.

Éloi, mi hermano y las chicas se fueron. Fingí divertirme durante el resto de la noche, pero sentía un nudo en la garganta. Llamé a mi madre y le pregunté a Alex si podíamos hablar en privado dos minutos.

Yo: Alex, tengo que decirte una cosa...
Él: Creo que sé qué me vas a decir.
Yo: Ah, ¿sí?
Él: Me he dado cuenta de que no estás locamente enamorada de mí. No importa, Léa, lo entiendo, pero me gustaría que fuéramos amigos. Creo que nos divertimos juntos.
Yo: ¡Guau! ¡Eres adivino! No es que no me gustes... Es solo que... Creo que siento algo por otra persona. Pero a mí también me gustaría que fuéramos amigos.

Y nos abrazamos. ¡Guau! Ojalá todas las «rupturas» fueran así de sencillas. Con Thomas fue un poco más trágico xD. Cuando llegó mi madre, se dio cuenta de que estaba confusa (¡cómo puede siempre leerme los pensamientos!). Le conté que creía que estaba enamorada de Éloi, pero que ya tenía una novia (modelo).

Ella: Me alegro de que sientas algo por él. Después de nuestra conversación del otro día temía que estuvieras demasiado apegada a Thomas. ¿Sabe Éloi lo que sientes?
Yo: No. Ahora tiene novia y es muy guapa. Creo que no me quiere.
Ella: Léa, si no se lo dices, ¡nunca lo sabrá! Es importante que le cuentes lo que sientes. Después te sentirás mejor y al menos sabrás qué piensa.
Yo: Ya... Tal vez. Gracias, mamá, eres genial.

Me miró y vi que tenía los ojos empañados. Me daba miedo que se pusiera a llorar, así que tosí y cambié de tema antes de que la cosa empeorara xD.
Pensándolo bien, creo que mi historia con Alex me ha servido para curarme de lo de Thomas, pero mi madre tiene razón, es hora de que me enfrente a las cosas. Siento algo más que amistad por Éloi y estoy harta de jugar al ratón y al gato.
Uf, ¡espero que no te hayas quedado dormida con mi historia! ¡Escríbeme mañana por la mañana! Y gracias, Marilou... Ya sé que a veces me cuesta darme cuenta de algunas cosas, pero me encanta que estés ahí para ayudarme a avanzar.
Besos,
Léa

3

¡Feliz Año Nuevo!

El blog de Manu

Añade un título: Mi propósito

Explica tu problema: ¡Hola, Manu! Las cosas se han precipitado un poco en las últimas semanas, pero creo que al fin tengo las ideas más claras en el tema del amor. Thomas siempre estará en mi corazón y me alegro de que siga en mi vida, pero no puedo verlo por el momento porque volvería a abrir una herida.
He decidido también terminar mi relación con Alex. En realidad nunca hemos salido juntos, pero nos hacíamos compañía y nos divertíamos. El problema es que cada vez me parecía menos divertido... sobre todo cuando acabé dándome cuenta de que sentía algo por Éloi.
Espero que no te estreses con tantos líos amorosos. De hecho, son los consejos que les das a otras chicas los que me han animado a adoptar un propósito para el próximo año: quiero ser más honesta conmigo misma y asumir mis responsabilidades con respecto a los demás (hasta con el grupo de chicas que me odian y que buscan cualquier excusa para hacerme la vida imposible).
¡También quiero desearte un feliz Año Nuevo!
Tu fiel admiradora,
Léa

Manu responde dos preguntas por semana. Tal vez tú seas la elegida...

Para: Léa_megusta@mail.com
De: Marilou33@mail.com
Enviado: viernes, 27 de diciembre 10:58
Asunto: ¡Me encantan las vacaciones!

¡Hola!
¿Qué tal Mont-Tremblant? ¿Habéis pasado una buena Navidad en familia? Por mi parte ha sido muy intensa (como siempre). Estuve de un lado para otro ayudando a mi madre, vino toda mi familia a casa ¡y se quedaron tres días! No vi a JP en toda la semana (estaba con su familia en Quebec), ¡pero ya mismo viene! ¡Yupi! ¡Tengo muchas ganas de verle!
¿Y tú? ¿Hablaste con Éloi antes de irte? ¿Te lo estás pasando bien? Espero que me escribas, ¡porque cinco días sin ti es demasiado tiempo!
Besos,
Lou

Para: Léa_megusta@mail.com
De: Thomasrapa@mail.com
Enviado: sábado, 28 de diciembre 9:21
Asunto: ¡Feliz Navidad y feliz año!

¡Hola!
Te escribo rápido para desearte una feliz Navidad (con retraso) y un feliz año (por adelantado). Paso mucho tiempo en el taller de mi tío y apenas tengo acceso a Internet, ¡pero quería decirte que me acuerdo mucho de ti!
Te deseo todo lo mejor, Léa, y dile a *Youppi* que cuide de ti.
Thomas

Para: Marilou33@mail.com
De: Léa_megusta@mail.com
Enviado: domingo, 29 de diciembre 16:10
Asunto: ¡Sigo viva!

¡Hola, Lou!
Supongo que habrás adivinado que no teníamos acceso a Internet en la casa. Creo que mis padres lo han hecho a propósito para que no nos pasemos las vacaciones delante del ordenador xD. Te escribo desde un pequeño cibercafé de la ciudad.
Esto es genial, se parece un poco a un pueblo de muñecas. He estado toda la semana aprendiendo a hacer *snowboard* con Félix y comiendo como una lima. Por la noche vemos pelis o escuchamos música, ¡es muy relajante y nos sienta muy bien! Ni siquiera he discutido con mis padres ni con mi hermano.
No hablé con Éloi, pero Félix me ha confirmado que estará en la fiesta de Año Nuevo. No sé si aún sale con la señora Perfecta, pero al menos tendré ocasión de verlo.
¡Tengo que irme! Tengo los minutos contados (literalmente) y mi padre me está esperando suspirando (¡cuánta presión!), ¡pero te escribiré en cuanto llegue a Montreal!
Te quiero, ¡y espero que tengas un buen reencuentro con JP!
Besos,
Léa

Para: Thomasrapa@mail.com
De: Léa_megusta@mail.com
Enviado: domingo, 29 de diciembre 16:17
Asunto: ¡Igualmente!

Yo también te deseo todo lo mejor, Thomas. Las fiestas nos ponen un poco nostálgicos, ¿eh? Espero que te diviertas con tu familia. Saluda a tu madre de mi parte.
Besos,
Léa

P.D.: *Youppi* está cuidando de mí, ¡es todo un caballero!

Para: Marilou33@mail.com
De: Léa_megusta@mail.com
Enviado: Martes, 31 de diciembre 15:30
Asunto: Mariposas en el estómago

¡Hola, Lou!
¿Te puedes creer que en unas horas le diremos adiós al año y volveremos a empezar de nuevo? Si te soy sincera, me alegro de que termine el año. Los grandes cambios y los comienzos están bien, pero nunca había vivido momentos tan difíciles. Mudanza, ciudad nueva, casa nueva, una ruptura, un grupo de chicas a las que no les gusto... ¡Este está muy lejos de ser el año de mis sueños!
Ya sé que las cosas están mejorando y me estoy acostumbrando cada vez más a mi nueva vida, pero sigo sintiéndome insegura cuando voy a una tienda en la que no hablan francés y cuando me subo al metro y parezco una sardina enlatada. Esto es muy grande y me siento como

una turista cuando salgo a dar una vuelta. No sé si te lo había dicho (creo que no, porque me da mucha vergüenza), pero como Maude y Marianne se reían siempre de mi acento, he pasado horas y horas ensayando en mi habitación e intentando hablar como la gente de Montreal. Aquí no siempre pronuncian las vocales como nosotros. Vaya, que me he esforzado al máximo para tratar de integrarme.

Por otro lado, también he notado elementos positivos en mi nueva vida, como las tiendas, el periódico de estudiantes y mis nuevos «amigos». Ya sé que Jeanne es guay, pero en mi cabeza sigue siendo amiga de las memas, así que prefiero mantener alta la guardia. También está Annie-Claude, pero como está en casi todas las organizaciones que hay, apenas tenemos tiempo para vernos fuera del instituto. Y está Éloi. Tengo la sensación de que es el único en quien puedo confiar de verdad. Todo es muy fácil con él, es como si nos conociéramos desde siempre. Y también es el único con el que no cambio mi acento. Creo que me acepta tal y como soy, ¡con mi lado campechano y mis rarezas!

Lo siento por este largo resumen de mi vida, ¡es el efecto que tiene el 31 de diciembre! xD Pero es por todo esto que quiero hablar con Éloi y contarle lo que siento. Lo malo es que Félix me dijo que la señora Perfecta también iba a ir a la fiesta con Édith. :(

¿Y tú? ¿Qué haces esta noche? ¿Irás a la tradicional fiesta con los pasteles de carne y el baile del rigodón? ¡Te acompañaría encantada! Espero que el reencuentro con JP haya ido bien, seguro que no aguantar los cambios de humor de Laurie durante una temporada te está sentando bien, ¿no? Puedes besar a JP cuando quieras, donde quieras... xD.

Bueno, te dejo, voy a probarme el vestido de esta noche. Lo compré en Mont-Tremblant con mi madre. Es superbonito, pero no sé si será demasiado para la fiesta. Ya sé que mi propósito es ser un poco más atrevida, pero de ahí a emperifollarme... ¡hay un trecho!
¡Cuéntame novedades!
Besos,
Léa

Para: Léa_megusta@mail.com
De: Marilou33@mail.com
Enviado: miércoles, 1 de enero 1:22
Asunto: Jo :(

¿Sabes cuál es el problema del día de Año Nuevo? Que esperamos que la noche sea INCREÍBLE y MEMORABLE como en las películas, pero nunca es así.
Imaginarás que no estoy de muy buen humor. :(Ayer a mediodía quedé con JP. Quería aprovechar para convencerle de que viniera a mi fiesta con la familia. Ya sé que no es lo más, pero todos los años me divierto bailando con mis tíos, que siempre reservan la misma sala del club de golf para celebrar la entrada de año. La decoración suele ser un poco fea, la cena un poco sosa, pero nos divertimos. ¡Ya lo sabes, puesto que me has acompañado! Pero JP no quiso venir, prefería ir a una fiesta con sus amigos, divertirse con Seb y Thomas. Me enfada que prefiera estar con ellos antes que conmigo. Además, sabía que Laurie iba a ir y, con todo lo que ha pasado entre nosotras, no puedo confiar en ella. Me odia tanto que me da miedo que haga cualquier cosa para devolvérmela. Ya

sé qué vas a decirme: «Tienes que confiar en JP; Steph estará allí para vigilarlos, puede que Laurie sea demasiado arriesgada pero no es tan mala...», pero, aun así, no pude evitarlo y le monté un numerito que acabó mal.

Él: Marilou, no tiene nada que ver contigo, solo quiero celebrar el Año Nuevo con mis amigos. Me encantaría que vinieras, pero no puedes, así que mañana nos vemos.
Yo (poniéndome cada vez más histérica): ¡No entiendes NADA! Quiero pasar las doce campanadas contigo. Nunca me han besado de verdad a medianoche y ahora que tengo novio ¡quiero que pase!
Él: A ver, Marilou, ¡me da igual la medianoche! Puedo besarte ahora, ¡es lo mismo!
Yo (perdiendo cada vez más los nervios y sollozando): ¡NOOOOO! ¡No es lo mismo! Y si yo no estoy, ¿a quién vas a besar a medianoche?
Él: Eh... ¡a nadie! Brindaré con Seb y Thomas.
Yo (poseída por el demonio): Dilo, ¡¡¡vas a besar a Laurie!!!
Él: ¿QUÉ? ¿Qué estás diciendo? ¿De verdad crees que tengo ganas de besar a Laurie después de todo lo que ha pasado? ¿De dónde viene este ataque de celos?
Yo: ¡Viene de mi cabeza! ¡Laurie está muy enfadada conmigo y no confío en ella!
Él: ¿Y no piensas confiar en MÍ? ¡Tu novio soy yo! Me sorprende que reacciones así, me parece que es mejor que me vaya.
Yo: ¡Muy bien! ¡Vete con tus amigos! ¡Adiós! ¡Feliz Año Nuevo!
Él (superfrío): Feliz año, Marilou.

Después de la discusión volví a casa y me puse con los preparativos de la fiesta. Hice todo lo posible por parecer de buen humor durante la velada, pero en el fondo no me sentía bien. Tenía la esperanza de que JP llegara antes de medianoche para abrazarme y cumplir mi anticuado sueño, pero no sucedió. Cuando hicimos la cuenta atrás y todos se pusieron a saltar para celebrar el Año Nuevo, rompí a llorar. Mi padre me miró de un modo extraño y tuve que contarle que había discutido con JP. Pareció un poco incómodo (no suelo contarle ese tipo de intimidades) y me tendió una copa de champán. «¡Haremos una excepción para celebrar el Año Nuevo con alegría!» ¡Guau! Si mi padre me daba permiso para beber alcohol no pensaba decir que no. Me la bebí de un trago y la cabeza me dio vueltas. Estuve treinta minutos bailando, sin pensar en nada, y luego empezó a dolerme la cabeza. En lugar de venirme abajo, les pregunté a mis padres si podía volver antes a casa. Mi tío (uno de los pocos que estaba sobrio) me acompañó y me desmoroné delante del ordenador al comprobar que no tenía ningún correo ni tampoco una llamada de JP. :(
Creo que voy a acostarme antes de hacer cualquier otra tontería. Espero que el año sea mejor que el día que acaba de pasar.
¡Feliz año, Léa! Ahora mismo te echo muchísimo de menos. :(Espero que tú te hayas divertido más que yo esta noche...
Besos,
Lou

Para: Marilou33@mail.com
De: Léa_megusta@mail.com
Enviado: miércoles, 1 de enero 9:22
Asunto: ¡Aquí estoy!

¡Pobre Lou! Espero que estés mejor y que las cosas se arreglen con JP. Tal vez hayas reaccionado (un poco) mal, ¿pero quién soy yo para juzgarte?
Mi día de Año Nuevo fue tan desastroso como el tuyo, ¡formamos un buen equipo! ;) Llegué a la fiesta con Félix sobre las 20:00. Había muchas personas que no conocía y la mayoría eran mayores que yo (empiezo a entender a Katherine cuando dice que se siente fuera de lugar). Édith y la señora Perfecta llegaron un poco después, y lo cierto es que no sabía qué decirles. Félix siempre me presenta como su «hermana pequeña» y no tengo nada en común con ellas. ¡Son el equivalente a las memas dentro de dos años! xD
Félix me dio un vaso de sidra para que me destensara. Estaba deseando que llegara Éloi, no habíamos hablado desde la fiesta y no sabía cómo le iba con la señora Perfecta. Llegó justo antes de medianoche con su primo, que estaba de visita en su casa, y venían de una fiesta familiar. Cuando acabó la cuenta atrás me sonrió y me abrazó. Iba a pedirle que habláramos en privado cuando la señora Perfecta se acercó a él y le plantó un beso en la mejilla. ¡Puaj! Se volvió hacia ella y la abrazó. Estaba empezando a enfadarme, así que pensé que un segundo vaso de sidra no me vendría mal. Me senté en una esquina para beber y relajarme. En ese momento vino Éloi y chocó su vaso contra el mío.

Él: Feliz Año de Nuevo, Léa.
Yo: Gracias. Espero que sea mejor que el que acaba de pasar.
Él: ¡Seguro que sí!
Yo: Ufff (la sidra se me estaba subiendo a la cabeza y creo que estaba volviéndome menos y menos coherente).
Él: ¿Y bien? ¿Qué te parece?
Yo: ¿Quién? ¿Félix? Tan exasperante como siempre.
Él: Eh, ¡no! ¡Mi primo!
Yo: Eh... bien, ¿por qué?
Él: Me ha preguntado si tengo amigas solteras y como me encontré con Alex después de Navidad y me contó que solo sois amigos, puede que te interese.
Yo (perdiendo los nervios por completo): ¿QUÉ? ¿Así que has pensado que tu patética amiga la marginada seguramente se iba a interesar por cualquier chico que se ponga en su camino? ¿Por quién me tomas, Éloi?
Él: Eh... Lo siento, Léa, ¡no pensaba que ibas a tomártelo así!
Yo: ¡Cómo quieres que me lo tome! No, ¡tu primo no me interesa! Y si eres tan idiota como para no darte cuenta de que quien me interesa eres tú, ¡peor para ti!

Me levanté y me fui al baño. Cerré la puerta con pestillo y me puse a llorar. ¡Bravo por mi nuevo comienzo! Empiezo el año sola y llorando, sentada en el borde de una bañera de un chico que apenas conozco. Miré el reloj y vi que casi eran las doce y media. Como si fuera Cenicienta, me limpié los ojos con un pañuelo, me eché agua en la cara, fui a buscar mi abrigo y salí para esperar a mi padre fuera. Félix estaba fuera acompañando a Édith, que estaba fumando (puaj). Él no me vio y me di cuenta de que estaba demasiado cerca de ella para tratarse de un chico con novia. Espero que no hiciera ninguna tontería, no me dio tiempo a espiarlo más tiempo porque vi que el coche de mi padre se acercaba.

Volvimos a casa en silencio. Le dije que la fiesta había ido bien, no tenía ganas de contarle lo mal que me sentía. Mis padres se esfuerzan mucho para tratar de hacerme feliz y que me adapte lo mejor posible a mi vida aquí, así que no quiero decepcionarles viniéndome abajo justo en Año Nuevo. Y no me siento cómoda hablando de mis intimidades con mi padre, se le da mejor Félix que yo. Mi madre me suele decir que es porque «me estoy haciendo una mujer y él no sabe muy bien cómo tratar conmigo», pero no le encuentro sentido.

En cuanto mi cabeza tocó la almohada me quedé dormida (el efecto de la sidra), pero me desperté a las 8:00 con dolor de cabeza y un nudo en la garganta. ¡Bien, Léa, comienzas el año superguapa! Deberías haberme visto cuando me levanté, parecía un hombre lobo. ¡Hasta Félix se asustó cuando me vio en el pasillo!

¡Ojalá pudiéramos pasar el día juntas viendo películas malas! ¡Respóndeme rápido!

Besos,
Léa

Viernes, 3 de enero

11:11

Éloi (en línea): ¿Léa? ¿Tienes dos minutos?

11:11

Léa (en línea): Depende. Si prometes que no me vas a decir nada sobre Año Nuevo puede que sí...

11:12

Éloi (en línea): No puedo prometerte eso. Necesito hablar contigo.

11:12

Léa (en línea): ¿De qué?

11:13

Éloi (en línea): De todo. No puedo dejar de darle vueltas a la cabeza desde hace dos días y necesito hablar contigo antes de que empiecen las clases el lunes.

11:14

Léa (en línea): No me hables de las clases, eso me deprime todavía más. ☹

11:14

Éloi (en línea): ¿Puedo ir a tu casa dentro de un rato? ¿Sobre las 15:00?

11:15

Léa (en línea): Vale. Pero prepárate para pasar miedo, llevo dos días en pijama.

11:15

Éloi (en línea): Vale, me prepararé mentalmente. ;) ¡Hasta luego!

Para: Léa_megusta@mail.com
De: Katherineminina@mail.com
Enviado: viernes, 3 de enero 12:29
Asunto: Necesito saberlo

¡Hola, Léa!
Te escribo porque no sé a quién puedo acudir. A lo mejor son paranoias mías, pero me da la sensación de que Félix lleva unos días muy distante. Llevamos sin vernos desde el domingo pasado y apenas habla conmigo cuando lo llamo. ¿Sabes si ha pasado algo anormal en los últimos días? ¿Está enfadado conmigo por algo? ¿Está así también contigo? Siento escribirte para meterte en asuntos de nuestra relación, pero eres la única que lo conoce bien y me estoy volviendo loca. Espero tu respuesta...
Bss,
Katherine

P.D.: ¡Feliz año! ♥

Para: Léa_megusta@mail.com
De: Marilou33@mail.com
Enviado: sábado, 4 de enero 10:12
Asunto: ¿Y?

¿Y?, ¿qué tal con Éloi? No he sabido nada de ti desde que nos desconectamos justo antes de que llegara. ¿Vas a hablar con Félix sobre Katherine? Vuelvo a decirte lo que opino: ¡no te metas en sus asuntos! Ya sé que quieres tranquilizar a Katherine, pero no puedes obligar a tu hermano a cambiar de actitud ni mentir a Katherine diciéndole que está locamente enamorado de ella, y menos ahora que empiezas a tener dudas.

En cuanto a mí, ayer por la noche decidí llamar a JP para disculparme. Él no entendía que no lo hubiera llamado antes. Le dije que necesitaba tiempo para tranquilizarme (en realidad estaba esperando a que me llamara ÉL. Ya sé que no tiene lógica, pero bueno, al final me he tragado mi orgullo, así que espero que estés orgullosa de mí).

Me dijo que la noche de Año Nuevo no había ido mal y me contó dos cotilleos:

1. ¡Laurie besó a un chico (y no a JP)! No sé quién es, pero tengo la esperanza de que si se encapricha por otro acabará perdonándome.
2. No sabía si debía contártelo, pero como pareces haber pasado página, prefiero que lo sepas por mí: parece que Thomas tiene una nueva novia y que fue a la fiesta. JP no ha querido decirme quién es, dice que voy a contártelo todo y que eso lo va a hacer recaer.

Espero que el segundo cotilleo no te afecte y que no te moleste que te lo haya dicho. De todos modos, ahora hay más peces en el agua (¡ejem, ejem! ¿Éloi?). ¿¿¿Y??? ¿Qué pasó? ¡Cuéntamelo YA!

Besos,
Lou

Para: Marilou33@mail.com
De: Léa_megusta@mail.com
Enviado: domingo, 5 de enero 11:03
Asunto: ♥

¡LOU!
¡Tengo muchas cosas que contarte! Pero antes que nada quería comentar un poco tus cotilleos:
1. ¡Espero que lo que hay entre ella y el chico misterioso funcione! Otro propósito de Año Nuevo: ¡menos dramas y menos discusiones en nuestra vida!
2. No puedo decir que no me afecte. Ha sido un palo, pero era de esperar. ¿Crees que es Sarah Beaupré? Grrr... Me encantaría poder espiarlo por Facebook, pero lo borré de mis amigos (de todos modos es mejor que no lo espíe si quiero cumplir mi primer propósito).

Hablando de algo más positivo: mi reencuentro con Éloi fue muy bien. ♥ Cuando llegó a mi casa subimos a mi habitación y como a ojos de mis padres solo es un amigo pude cerrar la puerta. ;)

Yo: Éloi, antes de que digas nada, quiero disculparme por lo de la noche de Año Nuevo. Había bebido demasiada sidra, me sentía sola, echaba de menos mi casa y te ataqué sin razón...
Él: ¿No olvidas algo?
Yo: Ah, sí, tienes que disculparte con tu primo por mí. Seguro que no le parecí muy simpática.
Él: ¡No estoy hablando de mi primo, Léa! De lo que quiero hablar es de la bomba que soltaste antes de desaparecer. ¿Es verdad que te intereso?

Yo (jugueteando con un mechón de pelo): Bueno... eh... Eso dije, ¿no?
Él: Sí, pero no te entiendo. Me habías dejado muy claro que no estabas lista para tener novio, que seguías dolida por la ruptura y que salías con Alex para pensar en otras cosas.
Yo: Sí, es todo verdad.
Él: ¿Y entonces? ¿Sigues mal por la ruptura? ¿Sigues queriendo a Thomas? No lo entiendo, Léa. Ya sabes lo que siento por ti, así que solo quiero asegurarme de que estamos en el mismo barco antes de ir más lejos.
Yo: Ya no estoy dolida. Hace casi tres meses que no veo a Thomas y ya no pienso en él como antes. Y no quiero a Alex, es solo un amigo. Nos hemos besado algunas veces, pero no significa nada. Creo que solo quería otra cosa.
Él: ¿Y «otra cosa» soy yo? Léa, ¿estás segura de que no estás reaccionando así solo porque te pone celosa verme con otra chica?
Yo: De hecho son los celos que he sentido al verte con ella los que me han abierto los ojos. Ya sé que todo esto es un lío, pero te aseguro que con quien quiero estar es contigo. Te quiero más que solo como amigo.
Él (sonriendo): Yo también te quiero más que como amiga.
Yo: ¿Y la señora Perfecta?
Él: ¿Quién?
Yo: ¿La chica que te presentó Félix?
Él: Podríamos decir que era «mi Alex». Salía con ella para intentar olvidarte, pero no ha funcionado.
Yo (sonriendo): Qué mal...

Me interrumpió alzándome la barbilla. ¡Estaba supernerviosa! Por fin posó sus labios sobre los míos, ¡y fue mágico!

Yo: ¿Y qué hacemos ahora?
Él: Bueno, lo intentamos, ¿no?
Yo: Vale... ¿Eso quiere decir que soy tu novia?
Él: Sí, si tú quieres...

Respondí besándole por segunda vez (por fin pude vivir mi escena de película). Se fue un poco después y me quedé en la habitación con una enorme sonrisa en la cara. Ya sé que tenía que habértelo contado en ese momento, ¡pero no me lo creía ni yo! ¿Pueden de verdad ir las cosas así de bien? :)
¡Toma! ¡Por primera vez tenemos novio las dos al mismo tiempo! xD Esto hará que la vuelta a clase de mañana sea un poco menos penosa... ¡aunque las memas me estén esperando!
¡Hasta mañana!
Besos,
Léa

P.D.: No tuve que intervenir en lo de Félix y Katherine porque vino anoche a ver una peli a casa. Cuando Félix se levantó para ir a hacer palomitas, Katherine me contó que acabó llamándola para disculparse por haberla ignorado. No es muy propio de Félix, ¡no le quitaré ojo de encima!
P.P.D.: ¡Éloi ya ha cambiado su estado en Facebook de «soltero» a «tiene una relación»! ¿Qué chico está dispuesto a hacer ese cambio? He visto que Maude le ha

comentado: «¿Me he perdido algo en las vacaciones?» Si ella supiera...

Para: Thomasrapa@mail.com
De: Léa_megusta@mail.com
Enviado: domingo, 5 de enero 16:17
Asunto: ¡Sorpresa!

¡Hola!
Como ya sabes, las noticias vuelan en nuestro pequeño país.
Me he enterado (muy a mi pesar) de que tienes una nueva novia. Quería que supieras que lo sé y aprovechar para contarte que yo también tengo novio. Ya sé que habíamos llegado a un acuerdo, pero prefería que te enteraras por mí.
¡Felicidades! (Me cuesta decirlo, pero va en serio.)
Léa

Para: Léa_megusta@mail.com
De: Marilou33@mail.com
Enviado: lunes, 6 de enero 12:12
Asunto: ¡Madre mía!

¡Hola!
Solo tengo veinte minutos antes de irme al entrenamiento de natación, pero no podía esperar a esta noche para contarte LA noticia: esta mañana me he encontrado a Thomas besando a... ¡Sarah Beaupré! ¡Tenías razón! ¡Esta chica es una retorcida! ¡El poco respeto que sentía por

Thomas acaba de esfumarse! Al menos esto demuestra que no te has equivocado al elegir a Éloi (¡a quien voy a poder conocer en diez días!). ¡Estoy deseándolo!
Y no te agobies por la noticia sobre Thomas. Te lo repito por enésima vez: mereces a alguien mejor.
Besos,
Lea

Lunes, 6 de enero

17:09

Thomas (en línea): ¿Léa? ¿Podemos hablar?

17:09

Léa (en línea): Me viene bien que estés aquí porque iba a escribirte ahora mismo. Olvídate de mi último correo, ahora que sé que sales con SARAH BEAUPRÉ puedes meterte mi felicitación por donde te quepa.

17:10

Thomas (en línea): Léa... no conoces toda la historia. Déjame explicarme, por favor.

17:10

Léa (en línea): ¿Explicar qué? ¡No tienes nada que explicarme! Ya no salimos juntos y puedes hacer lo que quieras, incluido salir con mi mayor enemiga. Pero no vengas a hacerme creer que no hay nada entre vosotros.

17:11

Thomas (en línea): Te juro que no había pasado nada hasta ahora. Sarah solo era una amiga, pero las cosas han cambiado un poco. Eso no cambia lo que siento por ti. Ya sé que no querías saberlo, pero tenemos amistades en común y los rumores vuelan.

17:12

Léa (en línea): Y ser tan idiota como para pensar que era yo quien te ponía de mejor humor ¡mientras que todo este tiempo has estado saliendo con Sarah Beaupré! Me siento como una imbécil.

17:12

Thomas (en línea): ¡También me hacía feliz volver a tenerte en mi vida! Y tú también tienes novio, así que no sé por qué te enfadas tanto.

17:14

Léa (en línea): Si eres incapaz de ver la diferencia entre mi relación y tu traición es tu problema. Qué tontería pensar que podíamos ser amigos. Todo es aún demasiado reciente y, al parecer, ya no tenemos nada en común. Creo que es mejor que evitemos el contacto.

17:15

Thomas (en línea): Léa, ¡no piensas lo que dices!

17:16

Léa (en línea): Sí, y no tengo nada más que añadir. Siempre me quedará la duda de lo que pasó cuando me fui y de las razones que tuviste para dejarme.

17:16

Thomas (en línea): Te juro que nunca te he engañado.

17:17

Léa (en línea): De todos modos tienes razón: tengo un novio nuevo y quiero que funcione, así que es mejor que dejemos de hablar.

17:17

Léa (desconectado): Léa se ha desconectado. Recibirá tu mensaje cuando se vuelva a conectar.

Para: Marilou33@mail.com
De: Léa_megusta@mail.com
Enviado: lunes, 6 de enero 19:03
Asunto: Estoy que muerdo

¡Hola, Lou!
Empecemos por las buenas noticias: ¡Éloi! ¡Ha sido genial verlo esta mañana! Nos encontramos en mi taquilla y no pudimos resistirnos a besarnos de inmediato. Annie-Claude nos pilló y nos felicitó antes de añadir: «¡Ya era hora!» Vi a Alex hablando con José, me guiñó un ojo y comprendí que no estaba enfadado. Hasta ahí, todo bien. Iba al aula de matemáticas cuando vi que Maude, Marianne y Sophie me miraban conspirando. Al parecer habían relacionado a la novia de Facebook de Éloi conmigo. En clase, Maude, Lydia y Sophie se las arreglaron para hacerme la vida imposible hablando (en voz alta) a mis espaldas para que todo el mundo (incluida yo) se enterara. El profe tuvo que intervenir y expulsó a Sophie (me parece que expulsar a Maude habría dado mejores resultados, pero bueno). Annie-Claude me aseguró que actuaban así por celos y para defender a su amiga Marianne, pero te juro que estoy empezando a cansarme.
Antes de comer, decidí comportarme como una adulta y hablar con Maude.

Yo: ¿Puedo hablar contigo?
Ella: No tengo nada que decir.
Yo: Yo sí.
Ella: ¿Qué?
Yo: Solo quería saber por qué me odias tanto. Ya sé que no tenemos que ser las mejores amigas del mundo, pero

no te he hecho nada, así que quiero saber qué pasa (admito que me sentía más valiente porque no tenía a sus discípulas alrededor).
Ella: No te odio, pero no me gusta tu comportamiento. Al principio del curso fui amable y te propuse que hiciéramos cosas juntas y que cambiáramos tu estilo, y tu forma de agradecérmelo es robándole el novio a todas mis amigas y ocupando mi puesto en el periódico.
Yo: Yo no le he robado el novio a nadie. Y con respecto al periódico, no sé de qué hablas.
Ella: Le pregunté a Éric si podía formar parte del equipo y me dijo que no porque los puestos estaban todos ocupados. Por tu culpa.
Yo: ¡No lo sabía! No es culpa mía. ¡Ni siquiera sabía que querías estar en el periódico!
Ella: Hay muchas cosas que no sabes de mí, Léa, y una de ellas es que soy una amiga muy leal y que no me importa vengarme de las chicas que ponen obstáculos en mi camino.
Yo: No era mi intención ponerte obstáculos. Lo siento si te he hecho daño sin darme cuenta, pero quiero que me dejes en paz.

Y me fui. Me arrepiento un poco de haberme disculpado cuando no he hecho nada, pero bueno, quiero que lo de las memas se acabe. Éloi y Jeanne me han asegurado que se pasará, pero llevan diciéndomelo desde que empezó el instituto y no ha cambiado nada. No necesito más problemas además de los que ya tengo.
«Los que ya tengo» es la bomba que me anunciaste a mediodía. Todavía no puedo creerme que Thomas esté saliendo con Sarah. Los imagino quedando a mis espaldas

cuando seguíamos juntos y me rompe el corazón. Intento mirarlo por el lado bueno repitiéndome que sí, que he elegido bien. ♥

Te dejo. Katherine está a punto de irse de casa y quiero hablar con ella de las memas antes de que se vaya. Como ella se ha atrevido a preguntarme por mi hermano, yo le hablaré de sus amigas xD.

Mañana te escribo, ¡te lo prometo! ¡Te quiero!

Besos,

Léa

El blog de Manu

Añade un título: Ira

Explica tu problema: ¡Hola, Manu! Te escribo para contarte algo delicado. Como ya sabes, mi ex, Thomas, y yo habíamos decidido ser amigos para mantener el contacto. El problema es que acabo de enterarme de que sale con una chica a la que odio y sospecho que me ha estado engañando. No puedo evitar imaginarlos juntos y preguntarme si ya salían cuando Thomas y yo estábamos juntos. ¿Y si me engañó?
Por otra parte, yo también tengo un nuevo novio. Se trata de Éloi, mi mejor amigo de Montreal. He dudado mucho antes de escuchar a mi corazón y de decirle lo que siento, pero no me arrepiento de nada porque le quiero de verdad. El único problema es que no sé si es normal sentir tanta ira por mi ex cuando estoy saliendo con otro chico.
Me encantaría poder hablar de ello con mi mejor amiga, Marilou, pero no le conté que había retomado el contacto con Thomas y no quiero hacerle daño confesándole que le oculté la verdad.
Gracias por atenderme.
Besos,
Léa

Manu responde dos preguntas por semana. Tal vez tú seas la elegida...

4

La calma antes de la tormenta

Miércoles, 8 de enero

20:02

Léa (en línea): ¿Félix? ¿Me puedes ayudar con los deberes de mates? No entiendo nada.

20:03

Félix (en línea): Dame dos minutos para que termine de hablar con Édith.

20:03

Léa (en línea): Me parece que últimamente pasas mucho tiempo con ella, ¿no?

20:04

Félix (en línea): Ya, es una chica muy guay.

20:05

Léa (en línea): ¿Y a Katherine no le molesta que pases tanto tiempo con otra chica?

20:05

Félix (en línea): No lo sé... No creo.

20:06

Léa (en línea): A lo mejor es una tontería, pero tengo la sensación de que estás distante con ella desde hace un tiempo, ¿no?

20:06

Félix (en línea): No sé por qué lo dices.

20:08

Léa (en línea): ¡No me tomes por tonta, Félix! Apenas la has visto durante las vacaciones de Navidad y, cuando viene a casa, paso yo más tiempo con ella que tú. ¿Qué pasa? ¿Ya no la quieres?

20:09

Félix (en línea): No es que ya no la quiera, es solo que a veces me parece muy joven y me gusta pasar tiempo con amigos de mi edad.

20:10

Léa (en línea): ¡Ajá! ¡Justamente sobre eso te había advertido antes de que empezaras a salir con ella!

20:11

Félix (en línea): Ya lo sé, ¡pero relájate! No te he dicho que vaya a cortar con ella. Quiero a Katherine... pero necesito un poco de espacio.

20:12

Léa (en línea): ¿Y no se te ha ocurrido decirle que quieres espacio? La pobre está en un sinvivir porque no sabe qué te pasa.

20:14

Félix (en línea): ¿Qué? ¿Te habla de mí?

20:15

Léa (en línea): Un poco... El lunes le pregunté si era normal que sus amigas me trataran como si fuera tóxica y aprovechó para hablarme un poco de ti.

20:16

Félix (en línea): ¿Y qué te dijo?

20:16

Léa (en línea): Que no soy la primera en caer en las garras de Maude, pero que está segura de que acabará pasándosele. Parece que desde que está con José ha cambiado mucho. Por lo menos puedo contar con Katherine y con Jeanne para que me ayuden a defenderme del resto.

20:18

Félix (en línea): ¡No te estoy preguntando por las peleas de chicas, idiota! Te pregunto por Katherine y por mí. ¿Qué te dijo de mí?

20:20

Léa (en línea): ¡Ah! Ya me parecía extraño que te interesaras por mi vida. ;) Solo me preguntó si sabía por qué estabas tan distante con ella. Le dije que no había notado nada raro, pero que tal vez estabas pasando un momento complicado por lo de la mudanza...

20:21

Félix (en línea): ¡Para tu información, estoy mucho mejor aquí que en nuestro agujero alejado de la mano de Dios!

20:22

Léa (en línea): ¡Muy bien! ¡De nada, Félix! No tengo ningún interés en meterme en vuestros líos amorosos, solo lo he hecho para ayudar. ¡En el futuro intenta ser más sincero con ella!

20:23

Félix (en línea): Sí... vale. Venga, que ya voy.

Para: Léa_megusta@mail.com
De: Marilou33@mail.com
Enviado: jueves, 9 de enero 21:44
Asunto: – 40 °C

¡Qué frío hace! ¡No sé cómo podemos sobrevivir a temperaturas tan extremas! Creo que deberían darnos una medalla por cada invierno que sobrevivimos.
¿Siguen las memas haciéndote la vida imposible? ¿Tu querido Éloi y tú sois unos románticos? ¿Te das cuenta de que queda exactamente UNA semana para que nos veamos? ¡Y vamos a poder contemplar a Justin Bieber durante todo el concierto! ¡JUSSSTTTTTTTTTIIIIINNNNNN!
¡Qué ganas tengo! ¡Estoy contando las horas!
Anécdota graciosa: me crucé con Sarah Beaupré en un pasillo. Se me quedó mirando un rato para llamar mi atención, pero la ignoré por completo. Como no entiende que no nos postremos ante ella se acercó a mí para meter baza.

Ella: No tienes que comportarte como una imbécil cada vez que me ves. No te he hecho nada.
Yo: Solo soy amable con la gente que me respeta. Ahora que sé que Thomas y tú habéis estado saliendo a espaldas de mi mejor amiga durante meses, no tengo muy buen concepto de ti, ni tampoco de él.
Ella: No pasó nada entre Thomas y yo mientras salía con Léa, aparte de lo del beso cuando estábamos jugando a «verdad o atrevimiento». Creo que Thomas ya se lo ha repetido bastante a Léa.
Yo: Thomas se lo dijo a Léa mientras salían juntos, pero lleva bastante tiempo sin hablar con él. Además, ¿sabes que Thomas intentó retomar el contacto con Léa y que ella lo

ignoró por completo? Imagino que se ha apoyado en ti para olvidarla a ella. ¿No te molesta ser el segundo plato?
Ella: Me quiere de verdad, ¿sabes? Puedes preguntarle a Léa, seguro que lo ha leído en alguno de los numerosos correos que ella y Thomas se han estado enviando después de su ruptura.
Yo: ¡Estás dispuesta a decir cualquier cosa! Léa no está tan loca como para retomar el contacto con un capullo que le ha roto el corazón. Solo tú eres tan idiota como para salir con él. Como dice el refrán: Dios los hace y ellos se juntan. ¡Buena suerte con él!

¡Me sentí muy orgullosa de mi respuesta! Ya sé que se me da bien, ¡pero esta vez creo que me he superado! ¿Te puedes creer que haya intentado hacerme creer que sigues escribiéndote con Thomas? ¡Como si no conociera suficientemente a mi amiga para saber que ella no haría eso! ¡Grrr! ¡Mi hermano no quiere dormir y tengo que ir a contarle un cuento!
¡Hasta mañana!
Besos,
Lou

Para: Marilou33@mail.com
De: Léa_megusta@mail.com
Enviado: viernes, 10 de enero 22:10
Asunto: ¡Estamos en invierno!

Sarah Beaupré está chiflada, solo quiere montar un espectáculo. Gracias por haberme defendido y bien por tu respuesta. ¡Cada vez me impresionas más! xD

Es verdad que hace frío. ¡Hasta en Montreal nos estamos congelando! Menos mal que he pasado la tarde con Éloi, que me ha dado calor.

Fui a casa de su madre, que es supersimpática. Me estuvo preguntando cómo ha sido el proceso de integración y me hizo un montón de preguntas (¡no demasiado indiscretas!) sobre mí.

Éloi y yo tuvimos al fin un poco de intimidad cuando nos dejó solos en el salón. «Vimos la tele» (traducción: ¡estuvimos dos horas besándonos!) y Félix vino a por mí cuando fue a llevar a Katherine a su casa. Me dijo que le había asegurado que las cosas habían mejorado entre ellos, lo que me alivia un poco, porque no me apetece tener que vivir sus crisis de pareja.

Tengo una buena noticia: Jeanne me ha contado que ha hablado con Maude y Marianne y les ha pedido que me dejen tranquila, así que la semana ha ido bien. Marianne, Lydia, Sophie y Maude me ignoran por completo, pero prefiero eso a los insultos.

La mala noticia es que mi profesor de inglés nos ha mandado preparar una exposición oral individual, lo que quiere decir que no puedo contar con la ayuda de Jeanne. Va a ayudarme a escribirla, pero no puede pronunciar las palabras en mi lugar y me da miedo morir de vergüenza. Al final de la clase fui a hablar con el profesor para tratar de convencerle para que me diera una oportunidad, pero no sirvió de nada.

Yo: ¿Puedo hacer la exposición con Jeanne? Me motiva mucho trabajar con ella y no creo que esté aún preparada para hablar en inglés delante de toda la clase.

El profe: Creo que has mejorado. *You got* un 7,2 en el

exam de *december*. Puedes pedirle a *Jane* que te ayude a escribirlo, pero tendrás que presentarlo tú sola. *Sorry.*

Al menos me las he arreglado para que me toque lo más tarde posible (¡el 14 de febrero! Al menos tendré una recompensa después de la exposición, ¡iré a celebrar San Valentín con Éloi!).
¿Qué planes tienes para el fin de semana? Por mi parte, tengo que escribir sí o sí el artículo de ficción para el periódico, ¡tengo que entregárselo a Éric el lunes a primera hora! ¡También pienso pasar muchas horas soñando con Éloi! ♥
Besos,
Léa

P.D.: ¿Qué tal con Laurie? ¿Sabes con quién está saliendo? ¿Sigue ignorándote?
P.P.D.: ¡JUSTINNNNNNNNNNNNN!

Para: Léa_megusta@mail.com
De: Thomasrapa@mail.com
Enviado: sábado, 11 de enero 11:01
Asunto: Correo n.º 1

¡Hola, Léa!
Este es mi primer correo para darte una explicación. Pienso escribirte hasta que nuestra situación vuelva a ser amistosa. No te imaginas lo bien que me sienta escribirte y tener noticias tuyas, así que no quiero que termine así.
Ya sé que te hice daño al romper, ya te dije que era recí-

proco y que tampoco fue fácil para mí. Nunca te he mentido con eso, ni tampoco con Sarah.
Cuando te escribí a finales de noviembre para decirte que te echaba de menos, lo sentía de verdad. Ya sé que la nuestra es una relación imposible, pero estaba dispuesto a hacer cualquier cosa para volver a tenerte en mi vida. Pero no me respondiste. En las semanas siguientes pasé mucho tiempo con Sarah, que acababa de cortar con su novio. Sabía que llevaba tiempo colada por mí, pero mientras estaba contigo nunca le di alas. Fue en el transcurro de esas dos largas semanas cuando nos besamos...
Después decidimos que seríamos amigos, tú y yo. Aunque me hacía feliz retomar el contacto contigo, confieso que quería algo más... pero ya era demasiado tarde, tenía que aceptar eso y no ir más lejos. Sarah había estado ahí, apoyándome, y las cosas habían cambiado con ella. Como me pediste que no te hablara de las chicas con las que salía y sabía que ibas a reaccionar mal cuando supieras lo de Sarah, preferí callarme. No había caído en que vivo en un agujero y que las noticias vuelan. Ahora me arrepiento, debería haber sido sincero contigo y contarte que había pasado algo entre Sarah y yo. Tenía que haberte contado cómo me sentía.
Entiendo que estés enfadada, pero quiero que sepas que te quise de verdad y que sigo queriéndote mucho. Mi relación con Sarah no significa que la nuestra no fuera real.
Espero que me respondas.
Thomas

P.D.: A mí también me ha sorprendido enterarme de que tienes novio. No puedo evitar ponerme celoso.

Para: Thomasrapa@mail.com
De: Léa_megusta@mail.com
Enviado: domingo, 12 de enero 9:40
Asunto: Re: Correo n.º 1

Dile a tu novia que cierre el pico. Le ha dicho a Marilou que seguimos escribiéndonos. Menos mal que Lou no se ha creído ni una palabra porque sabe lo loca que está. He tenido que mentirle y me siento fatal.
Al leer tus correos me parece que no encuentro ninguna frase que diga: «¡Quiero volver contigo!» Lo único que me decías era que me echabas de menos. Después de todo lo que hemos pasado juntos, esperaba una declaración más a la altura. Si querías algo más, solo tenías que decírmelo.
Los correos n.º 2, 3 y 4 no serán necesarios, no voy a cambiar de opinión. No quiero volver a hablar contigo. Aunque no quieras saberlo, ahora soy muy feliz con mi novio y no quiero estropearlo.
Léa

Para: Annieclaudebordeleau@mail.com
De: Léa_megusta@mail.com
Enviado: domingo, 12 de enero 11:53
Asunto: Mi artículo
Un archivo adjunto: La princesa y los tres duendes

¡Hola, Annie-Claude!
Ya sé que tú también estás liada con tu artículo para el periódico, pero quería enviarte la historia que me ha pedido Éric para la sección de literatura del número de ene-

ro. Me encantaría que me dieras tu opinión antes de enviársela a él. Me parece que eres muy buena, ¡así que no te preocupes y sé sincera conmigo!

Archivo adjunto:

La princesa y los tres duendes

Érase una vez una princesa que vivía en un gran reino donde las apariencias a veces engañaban.
Como era nueva en el reino, se sentía diferente y no conseguía entender a las personas a su alrededor, que hablaban una lengua extraña.
Llegó la hora de elegir a un príncipe encantador. Como la princesa no sabía a quién escoger, pidió ayuda a un hada para asegurarse de elegir bien.
—Te ayudaré presentándote a tres amables duendes —le dijo el hada—. ¡El duende que se transforme en príncipe te hará feliz hasta el final de los tiempos!
La princesa siguió al hada hasta la montaña encantada para conocer a sus tres pretendientes.
Primero conoció a un pequeño duende muy bromista. Era mono y muy divertido, pero no quería vivir en un enorme castillo y parecía reticente a abandonar a sus amigos. La princesa tomó una decisión y se despidió de él.
El segundo duende era muy apuesto; ¡la princesa no tardó en caer rendida a sus encantos! Pasaron el día juntos en el reino encantado y al final le preguntó si quería pasar su vida con ella. El duende le respondió que le daba miedo el compromiso.
—Me pareces guapa y encantadora, pero creo que no voy a hacerte feliz —le explicó a la princesa.

A la princesa le dio mucha pena, pero la amable hada la consoló y le dio esperanzas recordándole que le quedaba un duende por conocer. La preciosa princesa aceptó conocer a su tercer y último pretendiente. En cuanto lo vio sintió una especie de chasquido. Pasaron el resto del día paseando y hablando de todo un poco. Él tenía el don de hacerla reír y de hacerle sentir que podía contar con él y confiar en él. La princesa besó al duende y este se transformó de inmediato en un príncipe encantador.
El príncipe y la princesa decidieron quedarse en el campo, donde vivieron felices lejos de las habladurías y los cotilleos del reino.
Fin

Para: Léa_megusta@mail.com
De: Annieclaudebordeleau@mail.com
Enviado: domingo, 12 de enero 16:02
Asunto: Re: Mi artículo

¡Hola, Léa!
Como siempre, me has hecho reír con tu historia... digamos que me he dado cuenta de la relación que tienen los duendes con tu vida xD. Creo que es una introducción perfecta para la sección y que a Éric le va a gustar tu trabajo.
Yo acabo de terminar mi artículo para el próximo número. :) ¡Al fin puedo relajarme y ponerme a ver la tele!
¡Nos vemos mañana!
Annie-Claude

Para: Léa_megusta@mail.com
De: Marilou33@mail.com
Enviado: lunes, 13 de enero 19:44
Asunto: ¡Estoy muerta!

¡Hola!
Me viene al pelo que me preguntes por Laurie. La semana pasada no noté ningún cambio en su comportamiento, seguía igual de fría conmigo. :(Pero hoy a mediodía la vi con su nuevo novio. Es un chico de segundo de secundaria, así que no lo conocemos, pero parece muy simpático. Me sorprende un poco que salga con un chico más joven, pero lo importante es que la haga feliz y que consiga que se olvide de JP y de nuestra pelea.
Después, en clase, le hice una pregunta al profe de mates (quería saber en qué página estaba la solución a un problema) y, mientras pasaba las hojas buscando la página, Laurie se volvió hacia mí y me sopló la respuesta. Ya sé que no es mucho, pero me quiero convencer de que es un paso importante teniendo en cuenta las últimas semanas. Al menos me ha dirigido la palabra. :)
Con respecto a Sarah, ¡ya sabía que está loca! ¡A mediodía me crucé con Thomas en la cola de la cafetería y le lancé una mirada asesina! Pareció apenado, pero puedes estar segura de que no me ha ablandado. ¡Y menos ahora que voy a conocer al famoso Éloi!
He vuelto a preguntarles a los profesores y a mis padres y ya es oficial: ¡puedo ir el jueves! ¡Yupi! ¡En tan solo tres días estaremos juntas! Llego a la estación Berri-UQAM sobre las 18:00. ¿Crees que podré ir a buscarte al instituto el viernes? Quiero ver a las memas con mis propios ojos. ¡Te prometo no avergonzarte y vestirme del modo menos campechano posible! xD

Voy a tomar un baño antes de acostarme. He estado nadando más de una hora y estoy muerta.
¡Estoy deseando que llegue el jueves! ♥
Besos,
Lou

Para: Marilou33@mail.com
De: Léa_megusta@mail.com
Enviado: martes, 14 de enero 12:22
Asunto: ¡Dos días!

¡Hola!
Te escribo rápido desde el aula del periódico. Éloi y yo nos hemos refugiado aquí durante la hora del almuerzo. Enviaron los artículos a la imprenta ayer por la tarde, ¡así que tenemos el aula para nosotros solos! ;)
¡Sííííí! ¡Quiero que vengas al instituto el viernes! Lo más fácil es que nos encontremos a mediodía y me acompañes a las clases de después. Ya les he preguntado a los profesores y me han dicho que no hay ningún problema en que vengas.
Iré con Félix a buscarte a la estación el jueves a las 18:00, cenaremos en casa y el viernes, después de clase, podemos hacer algo con Éloi para que lo conozcas un poco mejor. El sábado: compras y Justin Bieber. ¡No podemos pedir más! xD
Te dejo, ¡hay un chico llamado Éloi que me está desconcentrando!
¡Yo también tengo muchas ganas de verte!
Léa ♥

Miércoles, 15 de enero

19:01

Katherine (en línea): ¡Hola! ¿Molesto?

19:02

Léa (en línea): ¡No! Estaba haciendo los deberes. :S ¿Qué tal?

19:02

Katherine (en línea): Uf, creo que Félix sigue raro conmigo.

19:02

Léa (en línea): Vaya, creía que lo habíais arreglado.

19:03

Katherine (en línea): Yo también, pero acaba de llamarme para cancelar nuestra cita romántica del viernes. :'(Dice que hay una fiesta de no sé quién y que no puede faltar, pero no me ha invitado.

19:04

Léa (en línea): Oh. :(Yo tenía pensado pasar la noche con Éloi y Marilou, mi mejor amiga, que viene a verme. ¿Quieres venirte?

19:05

Katherine (en línea): No quiero acoplarme...

19:05

Léa (en línea): ¡Qué va! Y así piensas en otra cosa, en lugar de en mi hermano. :S

19:06

Katherine (en línea): Le quiero mucho, Léa. Nunca había sentido algo así por nadie.

19:06

Léa (en línea): Te entiendo, pero no te tomes como algo personal que no te invite a la fiesta. A lo mejor es porque como no salís con la misma gente no quiere que te aburras.

19:07

Katherine (en línea): Puede... No lo sé. Félix no me habla de sus sentimientos, así que no sé qué piensa. Me apetece aceptar tu invitación, prefiero eso a aburrirme en casa o ir al cine con Maude y José.

19:07

Léa (en línea): xD ;)

19:07

Katherine (en línea): Por cierto, ¿qué tal con Maude y Marianne? ¿Se han calmado un poco?

19:08

Léa (en línea): Sí... Ahora me ignoran, así que puedo respirar tranquila.

19:08

Katherine (en línea): ¡Genial! Sé por experiencia que pueden ser realmente malas cuando quieren. ☺ Gracias por todo, Léa, y dímelo si te enteras de algo sobre Félix, sobre todo si es algo que pueda ayudarme a entenderlo mejor.

19:09

Léa (en línea): Prometido. Hasta mañana. Besos

Para: Léa_megusta@mail.com
De: Éloi2011@mail.com
Enviado: jueves, 16 de enero 23:20
Asunto: ¡Buenas noches!

¡Hola!
Espero que el encuentro con Marilou haya ido bien. ¡Dile que tengo muchas ganas de conocerla!
Te he echado de menos esta tarde. Me resulta raro no pasarme horas hablando contigo por teléfono como de costumbre. Al menos así tu hermano no podrá echarte en cara que tengas la línea ocupada xD.
Ya he terminado los deberes y voy a acostarme. Solo quería desearte buenas noches ¡y decirte que te quiero! ♥
Éloi

P.D. Ya sé que han anunciado frío, pero mañana, después de clase, podríamos ir a pasear por el casco antiguo de Montreal y tomar un chocolate caliente. En invierno esa zona se pone muy bonita, ¡y es muy romántica!

Para: Éloi2011@mail.com
De: Léa_megusta@mail.com
Enviado: viernes, 17 de enero 6:52
Asunto: ¡Buenos días!

¡Hola!
¡Estoy tan nerviosa que llevo despierta desde las 6:30! Marilou sigue durmiendo, así que aprovecho para saludarte antes de ir a clase. :)
Ayer por la tarde fue genial. Lou y yo pasamos toda la

tarde (y parte de la noche) hablando de todo un poco. Ahora me doy cuenta de lo que la echo de menos cuando no estoy con ella. La verdad es que aún no tengo una amiga DE VERDAD aquí... Tenía un mejor amigo, ¡pero ahora salgo con él! xD

¡Me parece buena idea lo de ir al casco antiguo! Se me había olvidado comentártelo, Katherine va a venir también. Ya sé que es tu ex, así que espero que la situación no te resulte rara. Félix la dejó tirada y le propuse que se viniera con nosotros para que se distrajera. Si siguieras saliendo con él podrías contarme el motivo de su actitud. Desde hace unas semanas no la trata muy bien... A ver qué pasa.

¡Te dejo! Voy a ducharme antes de que se levante mi hermano y nos peleemos por ser los primeros.
¡Hasta ahora!
¡Te quiero!
Besos,
Léa

Para: Annieclaudebordeleau@mail.com
De: Léa_megusta@mail.com
Enviado: sábado, 18 de enero 12:57
Asunto: ¡¡¡JUSTIN BIEBER!!!

¡Hola, Annie-Claude!
¿Qué tal? ¡Yo superbién! Ayer pasé la tarde con Éloi, Katherine y mi amiga Marilou, ¡nos lo pasamos genial! Como siempre me dices que apenas tengo cotilleos que contar, aquí van dos:
1. Katherine me ha contado que José engañó a Maude en Navidad, ¡pero que ella no lo sabe!

2. Katherine tiene miedo de que mi hermano la engañe; desde hace un tiempo está muy distante con ella.

No está mal, ¿no? ¡Ya lo comentaremos esta tarde!
Y hablando de esta tarde, ¿estás nerviosa? ¡Vamos a ver a Justin Bieber en carne y hueso! Estoy tan emocionada que Éloi se está poniendo celoso xD.
Te he llamado a casa, pero nadie me ha cogido el teléfono. ¿Sigue en pie lo de encontrarnos a las 18:00 delante del pabellón Centre Bell?
¡Espero tu respuesta!
Besos,
Léa

Para: Léa_megusta@mail.com
De: Katherineminina@mail.com
Enviado: sábado, 18 de enero 15:55
Asunto: ¡Que os divirtáis en el concierto!

¡Hola, Léa!
Solo quería escribirte para agradeceros de nuevo haberme invitado ayer por la tarde. Me lo pasé muy bien, ¡y tu amiga Marilou es muy simpática! Qué pena que viva tan lejos porque me parece que habría encajado muy bien aquí. Por cierto, no pasó desapercibida en el instituto. Maude me llamó esta mañana para que le contara más detalles de «la chica que hablaba tan alto y que la miró con aire amenazador durante toda la clase de matemáticas». xD Te hago un resumen de nuestra conversación.

Ella: ¿Quién es la mejor amiga de Léa? Parece muy agresiva. Espero que no vaya a nuestro instituto.

Yo: No, es su amiga, que ha venido a verla el fin de semana. Estuve ayer con ella y Léa y me parece muy simpática.
Ella: Qué bien. Se pasó toda la mañana matándome con la mirada, así que no me vengas con que es simpática. Además, José la encuentra mona, así que ya va siendo hora de que se vaya. ¿Cómo es que saliste con Léa? Podrías haberme llamado.
Yo: Lo siento... Ella me lo dijo primero (le mentí xD). Pero te aseguro que Marilou es simpática.
Ella: ¿Quién es Marilyn?
Yo: ¡Marilou! La amiga de Léa.
Ella: Ah, pues a mí me parece que se cree demasiado. Que vuelva a su pueblucho perdido. ¡Adiós muy buenas!

No te enfades por lo que dijo, si reacciona así es que está celosa. ¡Es cierto que Marilou llama la atención! Sophie me contó que participaba en clase como si fuera una alumna más. ¡Dile que me ha gustado mucho!
¡Espero que lo paséis genial en el concierto! ¡¡¡Viva Justin!!!
Bss,
Katherine

Para: Katherineminina@mail.com
De: Léa_megusta@mail.com
Enviado: sábado, 18 de enero 16:09
Asunto: Re: ¡Que os divirtáis en el concierto!

¡Hola!
Muchas gracias por tu correo. Se lo he enseñado a Marilou y nos estamos partiendo de risa pensando en ayer. La

verdad es que Marilou se había propuesto ser mi guardaespaldas y poner nerviosas a Maude, Lydia, Sophie y Marianne. ¡Es genial, ha funcionado! ¡Ya sé que no ha pasado desapercibida! Hasta un chico de cuarto (a quien no conozco de nada) me ha escrito por Facebook para preguntarme si la chica que estaba conmigo en el instituto el viernes era una actriz xD. ¡Es muy segura de sí misma y se nota!

¡Estamos muy emocionadas por el concierto! ¡Hasta hemos hecho banderitas con la esperanza de que Justin se fije en nosotras! Te contaré hasta el más mínimo detalle.

Besos,
Léa

Para: Éloi2011@mail.com
De: Léa_megusta@mail.com
Enviado: sábado, 18 de enero 23:55
Asunto: ¡Quiero a Justin!

¡Hola!
¿Te has puesto celoso por el asunto de mi correo? ;) El concierto ha sido INCREÍBLE ¡y Justin Bieber es todavía más guapo en persona que en foto! Las banderitas que preparé con Marilou se rompieron con el viento, pero ahora que la conoces ya sabrás que eso no la iba a detener. Después del concierto nos convenció para esperar a Justin fuera del pabellón. Como hacía frío y unas cien chicas más tuvieron la misma idea, pensé que no teníamos ninguna posibilidad, pero a uno de sus guardaespaldas que estaba vigilando la puerta trasera le dieron tanta pena las admiradoras que tiritábamos de frío que nos regaló a todas una

foto con el autógrafo de Justin. Ya sé que no es lo mismo que verlo de cerca en carne y hueso, ¡pero aun así tengo una foto con un autógrafo DE VERDAD! ¡OOOOOOH! ¡¡¡JUSTIN!!! No te pongas celoso, parece que sigue saliendo con Selena, ¡así que no tengo muchas posibilidades!

Ahora fuera bromas, ¡nos hemos divertido como enanas! Quedamos con Annie-Claude y su hermana antes de que empezara el concierto y compramos nachos. Lou y Annie-Claude se han caído muy bien (Lou se lleva bien con todo el mundo, menos con las memas).

Soy superfeliz ahora mismo. Me da la impresión de que mi vida está... ¡completa! Ojalá este fin de semana no se terminara nunca. :)

Mañana te lo cuento todo en persona. Iré con mis padres a llevar a Marilou a la estación sobre las 13:00, te avisaré en cuanto llegue a casa.

¡Te quiero!
Besos,
Léa

Para: Léa_megusta@mail.com
De: Thomasrapa@mail.com
Enviado: domingo, 19 de enero 12:21
Asunto: Correo n.º 2

¡Hola, Léa!
Siento lo de Sarah. No sabía que le había dicho a Marilou que habíamos retomado el contacto antes de que todo se estropease. Le he vuelto a decir que no diga una palabra y hemos discutido. Creo que piensa que sigo sintiendo

algo por ti y le cuesta aceptarlo. Llevo dos días sin hablar con ella. Además de perderte a ti, me parece que la estoy perdiendo a ella también. Ya sé que no te doy ninguna pena, pero la verdad es que las cosas no van muy bien ahora mismo.
Me alegro de que seas feliz. Es importante para mí. Espero que el chico ese sepa la suerte que tiene.
Voy a respetar tu deseo y te voy a dejar espacio. Lo siento por todo, Léa. Lo siento de nuevo. :(
Espero que cuando estés lista me escribas. Hasta entonces, quiero que sepas que no me olvido de ti.
Thomas

Para: Stephguapa@mail.com
De: Marilou33@mail.com
Enviado: domingo, 19 de enero 12:50
Asunto: ¡Madre mía!

¡Hola, Steph!
¡Estoy flipando! Te escribo rápido desde la casa de Léa. Iba a escribir a mis padres para decirles a qué hora tienen que venir a por mí a la estación, pero la bandeja de entrada de Léa estaba abierta y vi que acababa de recibir un correo de Thomas. También vi que en un mes le ha escrito varias veces, así que le pregunté, pero me aseguró que no ha vuelto a hablar con él desde noviembre.
No pude resistirme, leí el correo y me di cuenta de que me había mentido. Estoy hecha un lío, no sé qué hacer.
Me está esperando abajo con su padre para llevarme a la estación, no quiero echarme a llorar o montar un numerito delante de su familia, pero estoy muy enfadada con

ella. No me puedo creer que me haya ocultado algo tan importante. Y pensar que durante todo este tiempo la he estado defendiendo como una imbécil cada vez que Sarah Beaupré la criticaba...
Tengo que irme, me espera un camino largo. :(
Tengo ganas de verte y contártelo en persona...
Besos,
Lou

Para: Marilou33@mail.com
De: Léa_megusta@mail.com
Enviado: domingo, 19 de enero 19:22
Asunto: ¿Has llegado bien?

¡Hola!
¿Has llegado bien? ¿Has tenido un buen viaje? Estabas muy rara cuando fuimos a llevarte y casi ni me miraste cuando nos despedimos. :(
¿Es porque estabas triste? ¿Todavía te sentías culpable por haber soñado que besabas a Justin? ¡No tienes por qué contárselo a JP! Me hubiera encantado que hubiéramos estado a solas para poder llorar a moco tendido sin tener que contenerme.
Como le he dicho a Éloi por teléfono, tengo la impresión de que mi alma gemela (tú) acaba de dejarme. :(Te echo mucho de menos.
Léa

P.D.: Gracias de nuevo por este fantástico fin de semana. Eres genial por haber venido, espero que Justin y yo hayamos merecido la pena ;) (la verdad es que no tengo

ninguna duda sobre Justin). Y gracias por haber asustado a las memas. ¡Eres más valiente que yo!
P.P.D.: ¡Respóndeme rápido! ¡No me gusta nada verte mal! ¡Hasta mi padre, que normalmente está en las nubes, me ha preguntado si estabas enfadada!

Para: Léa_megusta@mail.com
De: Marilou33@mail.com
Enviado: lunes, 20 de enero 20:40
Asunto: Traición

¡Hola, Léa!
Tu padre no se equivocaba. Justo antes de irme, me di cuenta de que Thomas te había enviado un correo. Lo marqué como no leído porque en ese momento no sabía qué hacer y me sentía un poco mal por haber cotilleado tus correos. Pero conforme pasaba el tiempo, más me enfadaba y menos me importaba que te enteraras. Leí lo que te había escrito y descubrí tus pequeños secretitos. Que te hayas hecho «amiga» de Thomas me supera (¿de verdad eres tan inocente?), pero lo que más me duele es que me lo hayas ocultado y me mintieras cuando te conté mi altercado con Sarah. Creía que nuestra amistad era más fuerte que todo esto. Siempre te lo he contado todo (hasta el amor tonto que sentía por tu hermano) y no puedo creerme que me hayas ocultado algo tan importante.
Con respecto a tu «amistad» con él (que es evidente que no ha funcionado), creo que no es sano que mantengas contacto con Thomas, sobre todo después de todo lo que te ha hecho pasar. No entiendo cómo puedes ser «amiga» de alguien que te ha hecho sufrir tanto, sobre todo si

sigues queriéndole (puedes negarlo, pero creo que el hecho de que sigas hablando con él y me lo ocultes prueba lo contrario). También me parece que tu actitud es deshonesta con Éloi, un chico que me ha gustado mucho y que creo que está locamente enamorado de ti. No dudo de que le quieras, pero según mi opinión (la de una chica que te conoce bastante bien) todavía sientes algo por Thomas. Me hubiera gustado hablar contigo ayer, pero no quería perder los nervios ni decir cosas que no pensaba.
En fin, para mí esto ha sido una traición y estoy muy dolida. Creía que nuestra amistad era la única relación duradera e incondicional en la que podía confiar siempre, pero ya veo que me equivocaba.
Marilou

Para: Marilou33@mail.com
De: Léa_megusta@mail.com
Enviado: lunes, 20 de enero 20:22
Asunto: Perdóname

¡Hola, Lou!
He intentado llamarte cuatro veces, pero no he tenido suerte y, por supuesto, no estás conectada. Si hubiera sabido que ibas a ver el correo de Thomas te lo habría contado todo en persona mientras estabas aquí.
Siento mucho haberte mentido, sinceramente. Me remordía mucho la conciencia desde el principio y me arrepiento por habértelo ocultado.
Ya sé que estás enfadada conmigo, pero espero que este correo te ayude a comprender. Cuando Thomas me envió el primer correo (el que te comenté), me dejó hecha un

lío. Sentía que volvía a la casilla de salida. Sabía que su correo tenía un mensaje oculto y que nunca se atrevería a decirme claramente que quería volver conmigo. Volví a sentirme destrozada y opté por la vía fácil, es decir, retomar el contacto con él antes que dejar que saliera por completo de mi vida. Sé que me ha hecho daño y que no te gusta mucho, y por eso no te lo dije. Sabía que ibas a decirme que no era buena idea; a fin de cuentas, yo no me daba cuenta de la verdad... Por esa época estaba en la fase de negación. No estaba lista para decirle adiós. Nuestra correspondencia solo duró unas semanas y ahora me arrepiento (sobre todo después de enterarme de que salía con Sarah Beaupré). Tenías razón en todo, como siempre. Siento mucho no habértelo contado, pero espero que me entiendas un poco. Ya sé que mentirte cuando me contaste lo de Sarah no tiene excusa, pero me pareció que ya era demasiado tarde. Lo único que quería era echar a Thomas, a Sarah y a todos sus dramas de mi vida.
No sé lo que siento por Thomas. Una mezcla de amor, odio, ira, tristeza y nostalgia. Imagina que te pasara con JP... Ya sé que no es honesto con Éloi y es por eso que he cortado todo tipo de contacto. Si leíste su último correo debiste darte cuenta.
Sé que estás dolida, que te sientes traicionada y que no entiendes cómo he podido ocultarte algo así, pero eres tan importante para mí que al ocultártelo a ti es un poco como si me lo ocultara a mí misma.
Espero que me perdones porque no sé qué haría sin tu amistad. Te quiero más que a nadie en el mundo. Lo siento por enésima vez. :(
Besos,
Léa

Para: Léa_megusta@mail.com
De: Katherineminina@mail.com
Enviado: martes, 21 de enero 19:51
Asunto: ¡Socorro!

¡Léa!
¿Dónde estás? ¿Por qué no estás conectada? Tu hermano acaba de romper conmigo y estoy completamente desesperada. No me ha dado ninguna explicación. ¿Sabes si me oculta algo?
Bss,
Katherine

5

Patatas con queso

El blog de Manu

Añade un título: Todo va mal

Explica tu problema: Querido Manu, mi mejor amiga, Marilou, se ha enterado de que le he ocultado que retomé el contacto con mi ex y me da miedo haber destrozado nuestra amistad. He intentado llamarla como unas cincuenta veces y le he enviado un correo electrónico bastante largo, pero no hay nada que hacer. ¿Qué puedo hacer para que me perdone y comprenda que actué así porque me daba miedo que me juzgara? La aprecio más que a nadie en el mundo y no quiero perderla. :(
Y encima no puedo contarle la verdad a mi novio, ya que está relacionada con mi ex y puede sentirse traicionado él también. Si Éloi se entera de que mentí a Marilou sobre Thomas, no va a tomárselo bien y va a sentirse traicionado, como Laurie por JP y Marilou. ¿Me sigues?
Y como las desgracias no vienen nunca solas, mi hermano ha elegido esta semana para romper con su novia. Me llevo bien con ella, pero es amiga de las memas que me odian y si se enfada con mi hermano temo que se enfade también conmigo (después de todo, compartimos apellido y genes). Katherine podría unirse a las memas y odiarme.
¡Ayúdame! ¡Eres mi único aliado!
Besos,
Léa

Manu responde dos preguntas por semana. Tal vez tú seas la elegida...

Martes, 21 de enero

21:01

Léa (en línea): ¡Baja la música y sal de la habitación!

21:02

Félix (en línea): No, gracias, no me apetece oír tus reproches.

21:02

Léa (en línea): ¡Félix! Si Katherine está triste es por TU culpa, ¡y me ha pedido una explicación! ¡Es injusto! ¿Por qué has roto con ella?

21:03

Félix (en línea): Porque ya no funcionaba. Lo he intentado de verdad, Léa, pero tenías razón, es demasiado joven para mí.

21:03

Léa (en línea): ¿Y por qué no le has dado una explicación?

21:04

Félix (en línea): Porque no sé mentir y no quería hacerle daño.

21:04

Léa (en línea): Podrías haberle dicho que ya no funcionaba. No es tan complicado y tampoco es mentira.

21:05

Félix (en línea): No, pero no es toda la verdad.

21:05

Léa (en línea): ¿A qué te refieres?

21:05

Félix (en línea): Me da miedo que me pegues y que arruines mi físico de Adonis si te lo cuento.

21:06

Léa (en línea): ¡FÉLIX! ¡No estoy para bromas! ¡Cuéntame la verdad!

21:06

Félix (en línea): Vale, pero no te pongas histérica.

21:06

Léa (en línea): ¡CUÉNTAME LA VERDAD!

21:07

Félix (en línea): El viernes besé a otra chica.

21:08

Léa (en línea): ¿QUÉ? ¿ESTÁS DE BROMA? Así que no solo la dejaste tirada para irte a una fiesta con tus amigos sin invitarla, sino que además aprovechaste para engañarla y besar a otra chica.

21:10

Félix (en línea): Sí, pero en mi defensa diré que fue la chica la que me besó. Y rompí con Katherine en cuanto la vi. Ya sé que ahora mismo no me aprecias mucho, pero sabes que no soy del tipo de chico que engaña a sus novias. Si ocurre es señal de que algo va mal. Por eso rompí con ella sin darle una explicación.

21:11

Léa (en línea): Exacto, ahora mismo no te aprecio mucho. Ahora soy yo quien va a tener que mentirle y decirle lo que me acabas de decir, que no funcionaba ya.

21:12

Félix (en línea): ¡Has sido tú la que te has empeñado en saber la verdad!

21:12

Léa (en línea): Qué gracioso. Muchas gracias, Félix, es justo lo que necesitaba en mi vida: un escándalo. *BYE.*

Para: Marilou33@mail.com
De: Léa_megusta@mail.com
Enviado: jueves, 23 de enero 12:30
Asunto: De mal en peor ☺

¡Hola, Lou!
No sé nada de ti desde tu último correo y sigo sin obtener respuesta en tu casa. Tu madre me ha dicho ya tres veces que estabas en la piscina, pero me cuesta creerla. Imagino que no quieres hablar conmigo. Entiendo que estés enfadada, pero te echo mucho de menos. Sin ti mi vida no tiene sentido.
Y encima nada va bien desde que te marchaste. Félix ha roto con Katherine después de engañarla en una fiesta (esa a la que fue el viernes cuando Katherine nos acompañó al casco antiguo de la ciudad). No le ha contado lo que pasó, pero como José estaba en la misma fiesta que él y lo vio todo, lo contó por todo el instituto, lo que hundió aún más a Katherine. He intentado apoyarla, ¡pero las memas la han intentado convencer de tratarnos a todos los miembros de la familia Olivier como si tuviéramos la peste! Me sonríe cuando nos cruzamos, pero no se atreve a acercarse a mí cuando Maude, Sophie o Marianne están cerca. Desde que no estás aquí para protegerme las memas no se andan con chiquitas conmigo.
Esta semana tan dura también ha afectado a mi relación con Éloi. Digamos que estoy de bajón y ya sabes que tiendo a encerrarme en mí misma cuando no me van bien las cosas. Él intenta animarme y distraerme, pero no sirve de nada y siento que necesito espacio. Me ha preguntado por qué nos hemos peleado y he tenido que inventarme que ha sido por Laurie para que no sepa que

Thomas está implicado en la historia. Todo este montón de mentiras me está demostrando lo equivocada que estaba al retomar el contacto con él. Me arrepiento muchísimo. :(Tenías razón, Thomas no me trae más que problemas.
No vayas a pensar que te cuento todo esto para meterte presión ni para darte pena, es más bien para que sepas hasta qué punto se hunde mi vida cuando no estás. :(
Besos,
Léa

Para: Katherineminina@mail.com
De: Léa_megusta@mail.com
Enviado: jueves, 23 de enero 20:45
Asunto: Lo siento...

¡Hola, Katherine!
Ya sé que estás muy enfadada con mi hermano y que no tiene perdón, pero quería decirte que estoy aquí para lo que necesites.
Espero que sepas que yo no tengo nada que ver en todo esto y que no puedo controlar sus sentimientos. :(Esto es un asco, porque me gustabas mucho como cuñada, ¡pero espero que podamos seguir siendo amigas!
Besos,
Léa

Para: Stephguapa@mail.com
De: Léa_megusta@mail.com
Enviado: viernes, 24 de enero 21:22
Asunto: Necesito ayuda

¡Hola, Steph!
Espero que todo te vaya bien. :) Te escribo porque ya no sé qué más hacer. He intentado hablar con Marilou por todos los medios posibles e inimaginables, pero me ignora por completo. Imagino que ya conoces la historia. Me siento fatal por haberle mentido, pero lo hice para no hacerle daño. :(Actué de un modo egoísta porque no quería que me dijera que estaba cometiendo un error al retomar el contacto con Thomas. Espero que puedas entenderme o al menos darme algún consejo para tratar de convencerla para que me perdone. Estoy completamente desesperada. :'(
Tengo muchas ganas de volver a verte, dale un beso a Seb de mi parte.
Besos,
Léa

Para: Léa_megusta@mail.com
De: Stephguapa@mail.com
Enviado: sábado, 25 de enero 11:10
Asunto: Re: Necesito ayuda

¡Hola, Léa!
Sí, ya sé la historia... Admito que me siento un poco acorralada porque entiendo por qué ella está herida y también comprendo por qué le ocultaste la verdad.

La vi ayer por la tarde y estaba tan destrozada como tú. Sois como dos almas en pena la una sin la otra. ;) El problema es que Marilou es la persona más orgullosa del mundo. Creo que logré traspasar su caparazón cuando le dije que lo que te estaba haciendo pasar se parecía un poco a lo que Laurie estaba haciendo con ella...
En fin, lo único que te puedo sugerir es que sigas escribiéndole (sé que lee tus correos). Ya la conoces, es una cabezona, ¡pero acabará perdonándote!
Te echo de menos y yo también tengo ganas de verte.
Besos,
Steph

Sábado, 25 de enero

14:01

Éloi (en línea): ¡Hola! ♥ ¿Qué haces?

14:02

Léa (en línea): Me estoy arreglando para ir a casa de Jeanne, tengo que empezar a preparar el oral para inglés. No tengo ánimos para estudiar, pero no creo que dejar de lado el instituto sea una solución para mi desesperación...

14:03

Éloi (en línea): Exacto. ;) ¿Y esta tarde?, ¿te apetece hacer algo? Ayer salió el periódico, ¡podríamos celebrarlo!

14:03

Léa (en línea): Gracias, pero no. No estoy de ánimos para fiestas. Además, mis padres han comprado para hacer una *fondue* china, así que tenía pensado pasar la tarde aquí.

14:04

Éloi (en línea): Léa, no puedes aislarte... ¡eso no arregla nada! Déjame ayudarte, por favor.

14:04

Léa (en línea): No puedes ayudarme. Me siento sola y echo de menos a Marilou. Gracias por preocuparte por mí, Éloi, pero prefiero estar sola esta tarde, ¿vale?

14:05

Éloi (en línea): Bueno... como quieras. Diviértete con Jeanne. Pensaré en ti. :)

14:05

Léa (en línea): Sí... yo también. Besos.

14:06

Éloi (en línea): Eh, Léa, seguro que las cosas se arreglan con Marilou. ¡Sois demasiado inseparables como para que esto no se solucione! :) Besos.

Para: Marilou33@mail.com
De: Léa_megusta@mail.com
Enviado: lunes, 27 de enero 16:49
Asunto: ¿Las flores?

¡Hola!
Sigo sin respuesta desde tu último correo. :(¿Has recibido mis flores? Mi madre fue quien me dio la idea. El sábado cené con mis padres (Félix no estaba, desde lo de Katherine me evita) y se dieron cuenta de que tenía algún problema. Mi padre carraspeó (siempre que está incómodo lo hace) y nos dejó a solas (creo que se dio cuenta de que me sentía más cómoda hablando de mis problemas personales con mi madre. No tengo nada contra él, pero a veces me da la impresión de que no me entiende) y se lo conté todo a mi madre. Fue muy comprensiva, así que genial. Sabe que me he equivocado, pero no quiso insistir mucho ni hurgar en la herida. Necesitaba apoyo y ella me ayudó a entender por qué quería mantener el contacto con Thomas. Creo que tienes razón, una parte de mí quería seguir aferrada a él... ¿pero con qué esperanza? No lo sé. Entiendo que se ha acabado y que ahora estoy con Éloi, pero es como si la antigua Léa, la que sigue con un pie en su antigua vida, no quisiera ceder. Ya sé que parece absurdo, pero bueno, es lo que siento. O más bien lo que sentía. Me hacía falta una discusión contigo (la primera vez en nuestra vida) y una bofetada de la realidad (me refiero a la relación de Sarah y Thomas) para darme cuenta de que me equivoqué y de que era hora de pasar página. :(
El problema es que no sé cómo conseguirlo sin ti. Es muy raro no tener noticias de mi mejor amiga. ¿Cómo estás?, ¿cómo te va con JP?, ¿y con Laurie?

No sé qué más decir ni hacer para que me perdones. :(Me gustaría ir allí, pero ahora es imposible con las clases...
Besos,
Léa

P.D.: El colmo de las desgracias: las memas están tramando algo. Cuchichean cuando me ven y hoy hasta he notado que otros alumnos que apenas conozco me miraban de una forma rara. Seguro que vas a decirme que es cosa de mi imaginación, pero te aseguro que hay algo que no va bien.

Para: Léa_megusta@mail.com
De: Katherineminina@mail.com
Enviado: martes, 28 de enero 20:45
Asunto: Re: Lo siento...

¡Hola, Léa!
Gracias por tu correo, me ha emocionado. Ya sé que no es tu culpa, pero prefiero mantenerme alejada de tu casa por el momento...
Estoy hecha polvo. Quería mucho a Félix y sigo sin entender por qué ha hecho esto. Suerte que tengo a mis amigas para sentirme apoyada.
Ya sé que es un rollo que nos veamos menos, pero imagino que con el tiempo las cosas acabarán arreglándose.
Bss,
Katherine

P.D.: Por cierto, aunque Maude esté enfadada contigo (seguro que te has enterado de los rumores), yo no tengo nada que reprocharte. Ya sé que no hablamos mucho en el instituto, pero me pareces muy simpática.

Para: Marilou33@mail.com
De: Léa_megusta@mail.com
Enviado: miércoles, 29 de enero 18:49
Asunto: Tocando fondo

¡Lou!
¡Voy a perder la cabeza! No eran alucinaciones, la gente lleva días hablando de mí a mis espaldas. ¡Y todo por culpa de Maude! ¡Otra vez ella!
Esta mañana estaba quitándome las botas cuando se ha acercado Jeanne a mi taquilla.

Ella: Léa, ¿qué tal?
Yo: Así, así. No es mi mejor semana. ¿Y tú?
Ella: ¡Mal! Acabo de tener una buena discusión con Maude.
Yo: ¿Por qué?
Ella: ¡Por ti!
Yo: ¿Y qué he hecho ahora?
Ella: ¿No has oído los rumores?
Yo: Katherine me ha dicho algo de un rumor y he notado que la gente me mira, pero no sé qué se ha inventado esta vez. ¿Qué pasa? ¿Tengo el cólera? ¿Soy una zombi? ¿He engañado a Éloi con Alex?
Ella: No, esta vez ha traspasado el límite. Está diciendo que has plagiado su texto para el periódico.
Yo: ¿Qué? ¿Qué texto?
Ella: Tu texto sobre la princesa y los tres duendes. Maude dice que has accedido al texto que escribió para el certa-

men de escritura de la comisión escolar del año pasado y que has copiado su idea para tu artículo del periódico.

Yo: ¡Pero bueno! ¡Si ni siquiera venía a este instituto por aquel entonces! ¡Jamás he visto su texto!

Ella: Dice que el suyo es mucho más largo que el tuyo, pero que también contaba la historia de una princesa en un reino encantado que tenía que encontrar al pequeño duende que se transformaría en príncipe encantador y que le has robado la idea.

Yo: Espero que sepas que no la he plagiado. ¡NUNCA habría hecho algo así! ¿Te ha enseñado su texto?

Ella: ¡No! Nos ha dicho que lo ha perdido y que no puedo enseñárnoslo.

Yo: ¿Y no tiene ninguna prueba?

Ella: No, ¡y nunca la tendrá! Sé que miente. Conozco a Maude, no es la primera vez que hace algo así para vengarse. El año pasado, cuando se enteró de que Katherine besó a José, hizo creer a todo el mundo que Kath tenía un problema con la higiene. Y claro, el problema desapareció cuando se hicieron amigas.

Yo: ¿E irónicamente se venga de mí porque mi hermano ha hecho daño a Katherine?

Ella: Más o menos. Y porque está celosa porque estás en el periódico y cree que le has robado Éloi a Marianne.

Yo: ¿Y por eso me mira todo el mundo como si tuviera la peste bubónica? ¿Creen a Maude?

Ella: Estoy segura de que muchos no se creen lo que dice, pero tienen miedo de contradecirla. Vaya, que entran en su juego para que no la tome con ellos.

Yo: ¡Es más maquiavélica de lo que imaginaba! Ya sé que dices que en el fondo es buena, pero estoy empezando a no creerme nada.

Ella: Te aseguro que antes no era tan mala. Su relación con José la ha cambiado y la presencia de Marianne hace que se vuelva aún más mala. De todos modos, puedes estar segura de que le he dicho lo que pienso. Sé que Sophie, Lydia y Katherine no se van a atrever a llevarle la contraria, ¡pero a mí me da igual lo que piense!
Yo: Gracias, Jeanne. Ahora mismo puedo contar con muy poca gente y no sabes lo que me alegra saber que estás ahí para mí.

Después de las clases de la mañana (en las que todo el mundo me miraba cuchicheando) fui a refugiarme al aula del periódico. Annie-Claude, Éric y Éloi ya estaban allí. Por suerte, podía contar con su lealtad.

Éloi (abrazándome): ¿Qué tal?
Yo: Difícilmente podría irme peor.
Éloi: No te preocupes por lo que los demás digan. Están celosos y temen a Maude. Lo que ha hecho es patético.
Annie-Claude: Además, ¡tu texto es claramente autobiográfico!
Éric (mirándome de un modo extraño): ¿Y eso? ¿Estabas dudando entre tres duendes? (Gracias, Éric, por ese momento incómodo.)
Yo (sonriendo a Éloi): Es una larga historia... Lo que Annie-Claude quiere decir es que me he inspirado en hechos reales y os juro que lo he escrito yo, sin plagiar a nadie.
Éric (alzando las cejas y mirándome directamente a los ojos como si fuera un policía): ¿Estás totalmente segura?
Éloi: ¡Éric, ya basta! Ya sabes que Léa dice la verdad. Tú mejor que nadie conoces las artimañas maquiavélicas de Maude.

Yo: ¿Y eso?
Éric: No es la primera vez que Maude intenta ponerme obstáculos en el camino. El año pasado le dije que no podía formar parte del periódico porque no sabía trabajar en equipo. Para vengarse hizo creer a todo el mundo que la rechacé porque estaba enamorado de ella. ¡Y le extraña que no la haya admitido este año!
Yo: Lo que no entiendo es que nadie le plante cara.
Éloi: Eso no es verdad... Mira a Éric y a Jeanne. ¡Y mírate a ti, que no te has dejado intimidar!
Annie-Claude: ¡Es verdad! ¡Tú siempre le has plantado cara, Léa! Si la hubieras escuchado, ahora serías mejor amiga de ella y de Marianne, conspiraríais a nuestras espaldas ¡y te habrías vuelto una arpía!

Le sonreí y nos sentamos a comer. No me apetecía nada ir a la cafetería ni hablar con ninguna otra persona, salvo quizá con Jeanne. Annie-Claude tiene razón: es verdad que desde que llegué a veces he plantado cara a Maude. ¿Crees que por eso me odia tanto? El problema es que aunque nosotros no le hagamos la pelota, la mayoría de los alumnos de tercero lo hacen y la siguen como perros falderos cuando decide molestar a alguien. ¡Y todo porque le tienen miedo! ¡Es una tirana!
Después de clase fui a la cafetería Presse Café con Jeanne para hablar de todo esto (en francés, ¡no me apetecía practicar inglés!). ¡Me contó que Maude la había llamado traidora! ¿Te lo puedes creer?
Me encantaría tener noticias tuyas, Lou. Ahora mismo te necesito de verdad...
Besos,
Léa

Para: Léa_megusta@mail.com
De: Marilou33@mail.com
Enviado: miércoles, 29 de enero 20:43
Asunto: Vuelvo a aparecer

¡Abandono! Quería pasar de ti por la eternidad, pero tu último correo me ha molestado demasiado como para no reaccionar.
¡Pobre Léa! ¡No puedo creérmelo! He releído tus correos una y otra vez y la verdad es que me has ablandado... y ahora solo quiero una cosa: abrazarte. :'(
En menos de tres semanas:
1. Te has enterado de que tu ex sale con tu peor enemiga.
2. Te has peleado con tu mejor amiga (yo), que ha desaparecido de tu vida durante diez días.
3. Tu hermano ha engañado a su novia, que, además, es amiga tuya y una de las memas, y ambos te evitan desde entonces.
4. Te alejas de tu novio por las causas 1, 2 y 3.
5. La reina de la popularidad de tu curso ha decidido arrojar su ira contra ti y propagar un rumor sobre que has plagiado su texto para tu artículo en el periódico del instituto.

Conclusión: No puedes vivir sin tu mejor amiga, ¡y yo tampoco puedo vivir sin ti!
Muchas gracias por tus mensajes, correos y flores. Todo esto me ha demostrado lo mucho que te importo y que te arrepientes de lo que ha sucedido, y también me ha ayudado a tragarme mi (enorme) orgullo.
Hay otro factor que ha jugado a tu favor: ¡Laurie me ha perdonado! Ayer por la tarde me llamó por teléfono (he de decir que he seguido tu ejemplo y decidí reconquistar-

la a base de correos) para disculparse por haber reaccionado así. Le dije que la entendía y que en adelante no dejaríamos que un chico se interpusiera en nuestra amistad. Te digo lo mismo, Léa: te perdono por haberme mentido, pero tenemos que prometernos no volver a ocultarnos cosas así y, sobre todo, no pelearnos por culpa de un chico (y menos por Thomas).

He pensado en todo lo que me has dicho (y escrito) y seguramente tengas razón: es verdad que habría reaccionado mal si me hubieras dicho que habías retomado el contacto con Thomas y entiendo que temieras que te juzgara... A veces reacciono así. ;)

¡Pero el verdadero problema es ÉL! Nunca te hace daño «a propósito», no sabe lo que quiere, reaparece justo cuando empiezas a pasar página. Me parece que está jugando con tus sentimientos. Y encima ahora sale con Sarah Beaupré, ¡puaj!

Le he dicho a JP que no quiero que salgamos con ellos dos. Prefiero salir con Laurie y su novio de segundo, ¡o con Seb y Steph!

La buena noticia es que JP tampoco soporta a Sarah, le parece muy superficial. Cree que Thomas está saliendo con ella solo para olvidarte y que en verdad no la quiere, pero me da igual, el mal ya está hecho.

En lo que concierne a tus problemas:

1. No se puede hacer nada. Son tal para cual y tú mereces a alguien mil veces mejor.
2. Estoy de vuelta, ¡así que ya no tienes que preocuparte por la ausencia de tu mejor amiga! :)
3. Si Katherine es tan influenciable como para no darse cuenta de que eres una amiga leal, peor para ella. Creo que has hecho todo lo que podías para que sepa que

puede contar contigo y que quieres seguir siendo su amiga. No te evita por tu hermano... te evita por Maude, que la está poniendo en tu contra. Qué patético. Es una pena, porque me parece simpática, pero me ha decepcionado...

Con respecto a tu hermano, ya sé que ha sido un idiota con ella, pero no es asunto tuyo y tampoco tienes nada que reprocharle. Me parece que Félix es muy guay (en general) contigo (acuérdate de las fiestas a las que te invita, cómo te protege y todas las veces que te lleva en coche) y podría ser tu gran aliado contra las memas. No te olvides de que tal vez tengan el poder de influenciar a algunos de los alumnos de tercero, pero como tu hermano está en quinto nunca conseguirán llegar a él.

4. ¡Vuelve a leer el punto número 1 para darte cuenta de que Éloi es el hombre de tu vida! En serio, cuida de ti y creo que tú mereces un chico así. ¡Así que deja de evitarlo (es una orden)! Si yo he sido capaz de tragarme mi orgullo, tú aprenderás a incluirlo en tu vida. Se llama madurez xD.

5. No le digas nada a Maude por el momento. Lo que ella quiere es justo eso, hacer que pierdas los papeles. Quiere poner a todo el mundo en tu contra y hacerte pasar por una idiota. Tú no dices la última palabra, ¡la digo yo! xD Déjame que piense en un buen contraataque.

Para terminar, creo que Annie-Claude y Éloi tienen razón: aunque a veces dudes de ti, eres más fuerte de lo que imaginas y no te dejas pisotear. Tú y yo formamos un equipo de indestructibles demoledoras de memas, ¡y te prometo que juntas las vamos a vencer!

Te quiero, Léa, ¡y yo también te he echado mucho de menos! (Si no me crees pregúntale a JP. ¡Lo he vuelto loco!)
¡Llámame después si puedes!
Besos,
Lou

Para: Marilou33@mail.com
De: Léa_megusta@mail.com
Enviado: jueves, 30 de enero 17:52
Asunto: ¡Ya puedo respirar!

¡Hola!
¡Desde ayer por la tarde puedo respirar! Me sentó muy bien hablar contigo por teléfono y poder apoyarme en alguien. ¿Te puedes creer que mi madre se ha convertido en mi mejor amiga? Sé que va a estar ahí para mí y nos gusta ir de tiendas juntas, pero ya sabes que sigue siendo mi madre y que no puede evitar decirme cosas como «a rey muerto, rey puesto» o «hay más peces en el agua» o incluso «el tiempo lo cura todo». Sí, sí, ya lo sé, ¡pero tu teoría no arregla mis problemas de inmediato!
En cuanto a lo que me pides, te prometo solemnemente que no vamos a volver a pelearnos por un chico (Thomas u otro) y que no volveré a ocultarte nada, aunque eso signifique que me gane algún sermón por tu parte por salir con chicos que no me merecen xD.
Gracias a ti y a tus palabras de ánimo he decidido ser solidaria con Félix e ir al instituto con él esta mañana. Su relación con Katherine no ha tenido ningún impacto en su popularidad ni su estatus social. Es justo como decías:

está en quinto (completamente inalcanzable) y las chicas siguen viéndolo tan mono como antes (hasta he oído a una chica de cuarto cuchichear: «¡Madre mía! Si parece Aliocha Schneider» a su amiga. ¿Me puedes explicar en QUÉ se le parece, por favor?). Y como es un chico, nadie lo juzga por haber engañado a su novia. Así se lo he dicho.

Yo: La feminista que llevo dentro está un poco indignada al ver que la gente te respeta a pesar de haber engañado a Katherine.
Él: ¿Por qué?
Yo: Bueno, ya sabes, si fueras una chica, los de tu curso te rechazarían y te tratarían de chica fácil.
Él: No tiene sentido lo que dices.
Yo: Solo digo que no se usan las mismas reglas para los chicos que para las chicas. Mira a las memas de mi curso: se ensañan conmigo porque salí con uno de sus amigos antes de salir con Éloi, ¡pero yo no he engañado a nadie!
Él: Me parece que le das demasiada importancia a lo que los demás piensan de ti. Y también creo que está en los genes. Las chicas son más chismosas y más malas que los chicos. Está comprobado.
Yo: Ah, ¿sí? ¿Por quién? ¿Por el falso Instituto de Estadística de Félix Olivier?
Él: ¡Mira lo que las chicas de tu curso están haciendo! Como están celosas difunden rumores sobre ti y te critican a tus espaldas. Los chicos nunca harían eso. Lo peor que podemos hacer es batirnos en duelo y no volver a sacar el tema.

Félix ahuecó el ala, pero sus palabras me dieron qué pensar. Es verdad que las chicas son malas y mezquinas cuando están celosas... ¿no te parece? Todo esto no me ayuda

en nada en mi combate contra el resto de alumnos de mi curso, pero me gusta volver a llevarme bien con Félix. Su popularidad legendaria me mosquea, pero, como dices, ¡tengo que aprovecharme de ella!
Cuando llegué a clase de ciencias ¡me sentía casi invencible! Oí a la gente cuchichear, pero no me afectó: he recuperado a mi mejor amiga, tengo un novio que me quiere y mi hermano es muy guay. Por desgracia, no tardé en descender de las nubes.
A la hora del almuerzo fui rápido a buscar a Éloi, que me había dicho que había quedado con otra gente para terminar un trabajo en grupo. Fui al aula del periódico, pero un comité de organización de no sé qué había pedido permiso para utilizarlo unas horas. Busqué a Annie-Claude, pero vi que había ido a comer con sus amigas de la asociación de estudiantes. Desanimada, me pasé rápidamente por la cafetería para comprarme un bocadillo y vi que Jeanne estaba sentada a una mesa con Sophie y Katherine. Maude no estaba lejos, sentada con José. Tenían aspecto de haber discutido. Como fuera hacía −15°, no me apetecía nada salir a pasear ni convertirme en el hazmerreír por comer sola. Me encerré en un aula de la tercera planta para comerme el bocadillo. Tenía un nudo en la garganta, me sentía una marginada. Ya sé que hay gente a mi alrededor, pero en ese momento me sentía muy sola. Como una extraña en un instituto nuevo... La misma sensación de mis primeros días aquí. ¡Y te aseguro que no es nada agradable!
Después de clase de inglés, Jeanne me invitó a ir a su casa el sábado para hacer los deberes y ver una peli. Me preguntó si me importaba que invitara a Katherine y le dije que al contrario, que así podía pasar un poco de tiem-

po con ella. Su invitación me animó un poco, pero seguía con el ánimo por los suelos cuando salí del instituto. Éloi se me acercó y me acompañó a casa, le conté el infernal momento de «marginación» que había vivido. Le invité a tomar un chocolate caliente antes de irse y después subí rápidamente a mi habitación para contártelo todo.
Tengo la impresión de que mi vida es una montaña rusa, ¡y que Montreal es una noria gigante! Espero que se te haya ocurrido algo para ayudarme a vencer a las memas y a arrebatarles su poder, o al menos para detener los rumores que circulan sobre mí.
¡Qué suerte que hayas vuelto a mi vida! Espero que todo vaya genial con Laurie.
Besos,
Léa

Para: Léa_megusta@mail.com
De: Marilou33@mail.com
Enviado: sábado, 1 de febrero 10:03
Asunto: ¡Viva las patatas con queso!

Ya sé que no he tenido ninguna idea magistral hasta ahora, pero ayer por la tarde les hablé de tu caso a Steph y a Laurie (en el bar casa Ti-Paul, ¿qué mejor que unas patatas con queso para calentar el cuerpo?) y tuve una idea. Ya conoces a Steph, la abogada del diablo; quiere arreglarlo con una discusión con las memas (idea rechazada). También conoces a Laurie, un carácter endiablado al que le gusta el drama; cree que la solución sería hacer que expulsaran a las memas del instituto o besar a José para vengarte de Maude (idea rechazada). Entre ambos extre-

mos se encuentra tu talento: la escritura. ¿Por qué no escribes un artículo sobre lo injusto que es lo que hacen las memas con el resto de alumnos y sobre su tiranía? Si las describes bien a lo mejor algunos alumnos se indignan y les plantan cara, ¿no crees? Al menos no te va a perjudicar... Y a ver cómo reaccionan las memas, ¡aunque la cosa no puede empeorar más!
Ya sé que la gente te aconseja que no respondas a los ataques de Maude y que no entres en su juego, pero creo que tu indignación está justificada. Si solo fuera Maude podrías sobrellevar la situación e ignorarla, pero lo que peor me sienta es ver que todos los alumnos siguen su ejemplo por miedo a que se vuelva contra ellos. No es popular solo por su belleza, sino también porque intimida a los demás, y lo veo inaceptable. ¿Qué te parece mi plan? ¿Es demasiado prudente? ¿Preferirías algo más directo, como lo que propone Laurie?
¡Con ella todo va genial! ♥ Su novio (que se llama Olivier) es muy simpático. Esta semana hemos pasado mucho tiempo entre chicas y JP ya está notando las repercusiones y me lo ha dicho. Me parece que necesita atención xD.
Espero que pases un buen día en casa de Jeanne (¿has visto? ¡Tienes amigos guays! ¡Y no hablo solamente de mí!).
¡Escríbeme en cuanto vuelvas!
Besos,
Lou

P.D.: ¡En tres semanas es mi cumpleaños! ¡Qué ganas de tener quince años!
P.P.D.: ¿Crees que podrías venir a pasar unos días en la semana de vacaciones? ¡Me encantaría verte!

6

Guerra fría

Para: Marilou33@mail.com
De: Léa_megusta@mail.com
Enviado: domingo, 2 de febrero 13:02
Asunto: Alex vuelve a la carga

¡Hola!
Llevo un rato conectada, esperándote, pero no apareces, así que voy a tener que resumirte mi noche por correo, ya que en veinte minutos me voy con mis padres. Han organizado un día familiar en el jardín botánico... (sin comentarios).
Félix me llevó a la casa de Jeanne y Katherine llegó justo cuando estaba parando delante de la casa. Qué mala suerte. Mi hermano la saludó con la mano y ella le lanzó una mirada triste y no le respondió. No pude evitarlo y le regañé antes de salir del coche. Corrí hasta Katherine, que rompió a llorar en mis brazos. Le hice una señal a Félix para indicarle que se fuera y llamé a la puerta sosteniendo a Katherine, que seguía convulsionándose por los sollozos. Cuando el padre de Jeanne nos abrió la puerta, se nos quedó mirando un momento y llamó a Jeanne en señal de socorro.
Estuvimos como media hora consolando a Katherine hasta que se calmó, pero creo que le sentó bien llorar tanto.

Katherine: Gracias, chicas. Tengo un nudo en la garganta desde hace una semana y me he reprimido para no llorar porque Marianne y Maude me decían que no merecía la pena. Creo que necesitaba soltarlo.
Jeanne: Claro, no puedes guardar tanto dolor dentro. Es normal que estés triste.

Yo: Cuando Thomas me dejó ¡estuve llorando sin parar diez días! ¡Estaba tan desesperada que hasta mis padres se asustaron! (Conseguí hacerla sonreír.)
Katherine: Léa, de verdad que no quiero meterte en nuestras cosas, ¿pero puedes decirme si sale con otra chica?
Yo: ¡No! Ha cometido una estupidez, esa chica no significa nada. Simplemente creo que estáis en dos etapas diferentes y que seguramente seas más feliz con alguien que te comprenda mejor que él.

Katherine me sonrió e hicimos que se olvidara del tema trabajando en mi oral de inglés (aún no estoy muy nerviosa, pero no tardará en llegar el 14, así que ya es hora de prepararlo). Jeanne y ella me ayudaron con la pronunciación de algunas palabras y el día pasó muy rápido. Sobre las 18:00 vinieron los padres de Jeanne a decirnos que iban a salir, nos invitaron a quedarnos y nos dejaron dinero para pedir una pizza.
Me alegré mucho de poder pasar la noche con ellas, pero Jeanne recibió una llamada de Alexis un poco más tarde (se empeña en decir que solo son amigos) y nos preguntó si nos importaba que Alex y él vinieran. Admito que me sentía un poco mal por ver una película con Alex sin Éloi, pero yo no podía haberlo previsto.
Cuando llegaron los chicos una hora más tarde, nos sorprendió ver que José se había unido sin avisar.

Jeanne: ¡José! ¿No ibas a pasar la noche con Maude?
José: No, tenía planes con su familia. ¡Hola, Katherine! ¡Hola, copiona (yo)!
Yo: Me llamo Léa y no he copiado a nadie. Yo no tengo la culpa de que tu novia se invente cosas sobre mí.

José: Ya, ya.
Jeanne: José, me parece bien que te invites a mi casa, pero si has venido para causar problemas e insultar a mi amiga prefiero que te vayas.
José (guiñándome un ojo): ¡Venga, que no! ¡Solo estoy chinchándola! (Volviéndose hacia Katherine:) ¿Qué pasa, guapa? Pareces triste. ¿Has estado llorando?
Katherine: No, estoy bien.
Jeanne (para cambiar de tema): Bueno, ¿vemos la peli?

Antes de empezar la película, Alex se sentó a mi lado para saludarme. Me dio dos besos en las mejillas, pero me volví y nuestras bocas se unieron sin querer.

Yo: ¡Ups! ¡Perdona! Siempre soy una torpe contigo.
Él (guiñándome un ojo también): Te pongo nerviosa, ¿eh?
Yo: ¡Ah! ¡Ufff! ¡Bah! Mmmm... Eh... (Sí).
Él: Está bien, Léa, podemos ser amigos, ¿no?
Yo: ¿Qué? ¿Quieres ser amiga de una copiona?
Él: Eh, ¡esa eres tú! Ya sabes que los rumores y yo... no nos llevamos bien.

Me gustó oírle decir eso y me ayudó a relajarme. Jeanne puso la película (una comedia con Adam Sandler) y nos apretujamos todos en su enorme sofá. Alexis se sentó al lado de Jeanne (¡qué casualidad!), y Alex, al lado de él. Yo me puse al lado de Alex, y Katherine se sentó junto a mí. José se puso en el extremo y echó los brazos por los hombros de Katherine. Si no conociera su historia (te recuerdo que José engañó a Maude con Katherine), no me habría sorprendido, pero me pareció extraño. José

liga con todo lo que se mueve y ayer no trató a Katherine como si solo fuera una amiga. Lo peor es que ella se dejó hacer. Me pregunto si hay algún tipo de rivalidad entre ella y Maude...
Un momento después, Alex también me echó el brazo por los hombros. Me enderecé de inmediato y carraspeé. ¿En serio? ¿Los ratones (Alex) bailan cuando Éloi no está? Como no entendió el mensaje, me excusé diciendo que tenía que ir al baño (van a empezar a pensar que tengo un problema de verdad). Cuando volví me di cuenta de que Jeanne estaba acurrucada contra Alexis (con que amigos, ¿eh?) y de que Katherine había echado la cabeza en el hombro de José. ¡Era el mundo al revés! Me senté muy recta y Alex se volvió hacia mí.

Él: ¿Estás bien? Estás pálida.
Yo: A decir verdad, estoy un poco incómoda. Ya sabes que tengo novio, Alex, y pensaba que querías que fuéramos amigos. SOLO amigos.
Él: ¡Nunca he dicho lo contrario! Porque nos juntemos un poco para ver una peli no quiere decir que quiera más. No he hecho nada malo.
Yo: Ya... pero a mí me molesta, así que prefiero que seamos amigos sin contacto físico, ¿de acuerdo?
Él (dedicándome su preciosa sonrisa): Perfecto.

Nos volvimos a colocar y Alex puso un cojín entre los dos.

Él: ¿Mejor así?
Yo (lanzándole el cojín a la cara): ¡Idiota!

¡Estallamos en carcajadas e iniciamos una guerra de cojines interminable! Los demás se unieron a la batalla, pero nuestras risas de locos fueron interrumpidas por los padres de Jeanne que entraron en ese momento en la casa y bajaron al sótano. No parecieron muy contentos. Le dijeron a Jeanne que los siguiera y aprovechamos para arreglar el desastre que acabábamos de liar.
Cuando regresó nos dijo que sus padres estaban enfadados por haber invitado a chicos sin pedirles permiso y que era mejor que nos fuéramos. ¡La han castigado una semana sin ordenador! ¡Pobrecita! :(
Llamé a mis padres para que vinieran a por mí (no quería arriesgarme a que hubiera otro encuentro entre Katherine y Félix) y volví a casa.
No sé qué se cree Alex, pero pienso dejarle claro que no tiene ninguna posibilidad conmigo. Soy una novia fiel xD. Tampoco sé qué hay entre Katherine y José, pero ya estoy viendo el melodrama que se va a montar.
En cuanto a Jeanne y Alexis, ¡ya veremos! En cualquier caso, me parecen demasiado cariñosos como para ser solo amigos.
¡Espero que coincidamos más tarde en Skype! Si no, hablaré con Éloi ♥ (sin mencionarle la actitud de Alex. ¡No quiero que haya ningún roce entre ellos!).
Besos,
Léa

P.D.: No está mal tu idea del artículo... A ver cómo van las cosas esta semana y si el rumor sigue en pie seguiré tu consejo.
P.P.D.: Me atrae MUCHO lo de ir durante la semana de vacaciones. Hablaré con mis padres y te contaré.

Para: Léa_megusta@mail.com
De: Marilou33@mail.com
Enviado: lunes, 3 de febrero 19:01
Asunto: ¿Y?

¡Hola!
Te escribo rápido para que me cuentes qué tal. ¿Cómo te ha ido hoy? ¿Te han dejado en paz Maude y la humanidad o siguen tratándote como una copiona?
Yo acabo de discutir con mi madre. Tenía previsto pasar la tarde con JP para compensar lo de la semana pasada, pero me ha obligado a anular mi cita para cuidar de mi hermano (y ni hablar de invitar a JP mientras ellos no están). ¡ARG! Estoy muy frustrada, y ni siquiera me da tiempo a contarte más porque se irán de un momento a otro. ¡Puedes estar segura de que llamaré a JP en cuanto mi hermano se acueste! Está claro que después de lo que ha pasado en casa de Jeanne, ¡esta no es la semana de los padres! xD
¡Escríbeme pronto!
Besos,
Lou

Para: Marilou33@mail.com
De: Léa_megusta@mail.com
Enviado: lunes, 3 de febrero 21:07
Asunto: ¡Todo el instituto me mira raro!

Sí, puedes decirlo, ¡no es la semana de los padres! Jeanne me ha contado que después de irnos sus padres le soltaron un sermón sobre los peligros del alcohol y el sexo.

No sé por qué se enfadaron tanto. Después de todo, ¡nadie besó a nadie y lo único que tomamos fue palomitas! Que no pueda usar su ordenador y que tenga que volver a casa después de clase me complica un poco las cosas para mi exposición oral, ya que no puede ayudarme. Le pregunté a Éloi si podía escribir la última parte conmigo, pero me dijo que esta semana no tenía tiempo y me aconsejó que se lo pidiera a Alex porque «es superbueno en inglés». Intenté cambiar de tema para que dejara de insistir, pero fue él mismo a hablar con Alex y ahora tengo que encontrarme con él el miércoles después de clase para trabajar en ello. Mi objetivo es estar muy relajada y tratarlo como a un amigo. El problema es que a veces, cuando lo miro, me acuerdo de las veces que nos hemos besado y de su ropa, que huele a otoño, y me pongo nerviosa. Y tampoco está bien que piense en los besos con otros chicos que no son Éloi. No vayas a creer que tengo dudas sobre mis sentimientos y que me arrepiento de mi elección, es solo que Alex me pone un poco nerviosa, y pensar en él me perturba aún más. ¿Me entiendes?

Respondiendo a tu pregunta: la situación no ha mejorado en el fin de semana. Cuando llegué al instituto noté que algunos alumnos de primero y segundo hablaban a mis espaldas (puede que Maude no haya llegado hasta los mayores, ¡pero ha arrasado con los más jóvenes!).

Miré hacia delante y me repetí a mí misma las palabras de Félix: «que no te preocupe que los demás te miren», pero no era tan fácil cuando todo el mundo cuchicheaba mirándome.

Cuando llegué a mi taquilla, Lydia y Sophie se acercaron a mí.

Lydia: ¿Vas a admitir lo que has hecho?
Yo: No tengo nada que admitir porque no he hecho nada.
Sophie: Ya, claro, ¡de eso justamente hablan todos! ¡Todo el mundo sabe que la nueva ha copiado el texto de Maude Ménard! No es moco de pavo, así que es mejor que te disculpes...
Lydia: ... Y que dejes el periódico para que Maude ocupe tu plaza.
Yo: ¿Por casualidad os ha enviado Maude para decirme esto? Si es así, podéis decirle que no he hecho nada y que no pienso disculparme ni dejarle mi plaza.
Sophie: No ha sido Maude, ha sido cosa nuestra. Solo queríamos darte un consejo de amigas.
Yo: Con amigas como vosotras, ¿quién necesita enemigas?
Lydia (con los ojos como platos): ¿Qué?
Yo (suspirando): ¡Dejadlo! ¿Algo más? Porque tengo que ir a clase.
Sophie: Una última cosa. Ya sé que tu hermano ha dejado a Katherine, ¿pero sabes si tiene una nueva novia?
Lydia (dándole un codazo a Sophie): ¡Sophie!
Sophie: ¿Qué pasa? ¡Todas tienen novio menos yo! ¡Y es muy mono! Katherine lo superará.
Lydia (dedicándole una mirada cargada de significado a Sophie): Parece que no se está privando con José.
Yo (haciéndome la inocente): ¿Qué? ¿Es que Maude ya no sale con José?
Sophie: No sé si debería decírtelo... pero parece que Maude se ha enterado de que José la engañó en las vacaciones y se lo echó en cara el viernes. Lo peor de todo es que en lugar de disculparse, José se lanzó a los brazos de Katherine. ¡Pensaba que ese triángulo amoroso era pasa-

do! Me sorprende que Katherine vaya detrás de José, hay muchas chicas a las que les gustaría acercarse a él.
Yo: Eh...
Lydia: Estoy segura de que Katherine lo ha hecho a propósito para hacer daño a Maude.
Yo: ¿Por qué? Pensaba que eran amigas.
Lydia: Sí... pero después de lo que pasó el año pasado las cosas no han vuelto a ser lo mismo.

Maude nos interrumpió.

Maude: Eh, chicas, ¿qué hacéis con la señora Copiona?
Sophie: Eh, bueno... eh... yo... nada...
Lydia: ¡Sí! Nada, pero... eh... Ya hemos acabado. *Bye*, Léa.

Las memas se fueron y me quedé pensativa. No sabía que la situación entre Maude y Katherine seguía siendo tensa. He hablado de ello con Éloi y me ha dicho que no quiere meterse en «problemas de chicas», y mucho menos en los de Maude (ahora entiendo por qué Félix y él se llevan tan bien xD).
En clase, Lydia y Sophie se rieron de mí y cuchichearon con otros como para castigarme por haber sido simpáticas conmigo y probar a Maude su lealtad. Ya sé que tengo el caparazón duro, ¡pero hasta un límite! Las veo muy influenciables. Menos mal que tengo a Éloi, Annie-Claude y Jeanne, porque no sé qué haría sin ellos.
Espero que pases una buena tarde a pesar de las circunstancias.
Besos,
Léa

Martes, 4 de febrero

21:04

Éloi (en línea): ¡Hola! ¿Sigues trabajando en el proyecto de inglés?

21:07

Léa (en línea): Sí... ¡así me olvido de mis problemas! ¿Te puedes creer que alguien ha escrito «copiona» en mi taquilla? ¡Qué vergüenza! No quiero ir a clase mañana. ☺

21:08

Éloi (en línea): Entiendo que te afecte, pero entrar en el juego de Maude no arreglará nada.

21:09

Léa (en línea): ¿Y quién dice que ha sido Maude? Todo el mundo me acusa de haber plagiado, ¡podría haber sido cualquiera!

21:10

Éloi (en línea): Ya sé que son unos pelotas, pero pintarrajear tu taquilla es demasiado. Además, es propio de ella. Si no ha sido ella, habrá sido una de las chicas de su grupo siguiendo sus órdenes.

21:12

Léa (en línea): Tal vez, pero eso no arregla mi problema. Me siento humillada y ya no sé qué hacer para que esto cambie. Ya sé que Maude no tiene ninguna prueba, pero eso no quiere decir que los demás necesiten una prueba para creerme.

21:12

Éloi (en línea): Estoy seguro de que acabará pasando. Solo hace falta otro escándalo para que la gente se olvide de tu historia.

21:12

Léa (en línea): ¡SÍ! ¡TIENES RAZÓN! Éloi, ¡eres un genio!

21:13

Éloi (en línea): Eh... ¡ya lo sé! ¿Pero por qué esta vez?

21:13

Léa (en línea): ¡Acabas de darme una idea genial! Solo tengo que encontrar otro escándalo para que los demás me dejen en paz.

21:14

Éloi (en línea): ¿Te refieres a inventarte un escándalo? ¿Eso no es rebajarte a su nivel?

21:16

Léa (en línea): Uno: no voy a inventármelo, ¡voy a encontrar uno que ya exista! Además, ya tengo algunas ideas. Dos: ya sé que es un rollo tener que hacer esto, pero no quiero que se pasen el resto de secundaria criticándome sin decir nada.

21:17

Éloi (en línea): Eh... bueno, si tú lo dices... Pero antes de hacerlo cuéntamelo. Quiero saber qué tramas, ¡rebelde! ¡Y avisarte si veo que te pasas! ;)

21:19

Léa (en línea): Ya me conoces, ¡nunca haría eso! ☺

Félix se ha unido a la conversación

21:20

Léa (en línea): ¿Qué haces tú aquí?

21:20

Éloi (en línea): Lo siento, si quieres me voy.

21:21

Léa (en línea): ¡No! ¡Tú no! Él.

21:22

Éloi (en línea): ¿Quién?

21:22

Félix (en línea): ¡Yo! Hola, tío.

21:23

Éloi (en línea): ¡Eh! ¡Hola, colega! ¿Qué tal?

21:24

Léa (en línea): Vale, muy emotiva esta relación de «tío-colega», ¿pero se puede saber qué quieres, Félix?

21:26

Félix (en línea): Tranquila. Solo quería invitaros a una fiesta en casa de Édith el viernes.

21:27

Léa (en línea): ¿Otra? ¿Esa chica no tiene padres?

21:27

Félix (en línea): Sí, pero viajan mucho.

21:27

Éloi (en línea): ¡A mí me apetece!

21:28

Léa (en línea): Ya... yo no sé si quiero encontrarme con todo el instituto después de lo que ha pasado hoy.

21:29

Félix (en línea): Yo creo que será bueno. A los de quinto les dan igual los rumores de Maude.

21:30

Éloi (en línea): Venga, Léa, ¡te va a venir bien!

21:30

Léa (en línea): Para alguien que cree que soy una rebelde, no se te da nada mal eso de insistirme para ir a una fiesta.

21:31

Félix (en línea): ¡Yo también quiero ser un rebelde!

21:32

Félix (en línea): Vamos, Léa. ¡Di que sí!

21:32

Léa (en línea): ¿Y tú? ¿Por qué insistes tanto en que vaya? Me parece muy raro.

21:33

Éloi (en línea): Pienso en tu bienestar, pero estoy seguro de que si te invito nuestros padres no podrán decir que no. ☺

21:34

Léa (en línea): ¡Ja! ¡Ya decía yo! Bueno, vale, me habéis convencido. Pero si es un rollo o se ríen de mí, uno de vosotros dos tendrá que acompañarme a casa.

21:35

Éloi (en línea): ¡Te lo prometo!

21:35

Félix (en línea): ¡Te lo juro!

21:35

Éloi (en línea): ¡Por *Snoopy*!

21:36

Léa (en línea): Bueno, *bye*, amiguitos. Tengo que seguir con mi trabajo. ¡Hasta luego!

Para: Léa_megusta@mail.com
De: Marilou33@mail.com
Enviado: jueves, 6 de febrero 19:01
Asunto: ¡Sin palabras!

¡Hola!
Sigo sin palabras desde que me contaste lo de la taquilla. ¡Pero bueno! ¿No era suficiente inventar un rumor sobre ti? ¿Ahora también tiene que destrozar tus cosas y humillarte delante de todos? Entiendo que no hayas querido contárselo al director (no hay pruebas), pero me parece ingenioso lo de pensar en otro escándalo para deshacerte del marrón y proyectar la atención en otros.
Me has contado que la situación entre ella y Katherine es tensa por José... ¿crees que podrías utilizar esa información? Conociéndote, no querrás implicar a Katherine porque te parece simpática, pero si fuera yo, ¡no me lo pensaría!, a fin de cuentas es simpática contigo cuando su grupo de memas no está cerca y en cuanto Maude aparece en escena no se atreve a salir en tu defensa. ¡Grrr!
Cuéntame, ¿qué tal el rencuentro con Alex? ¿Ha intentado darte un abrazo con la excusa de que es solo tu amigo? xD
Por mi parte, todo va bien desde que me reconcilié con Laurie. Vuelvo a tener un grupo de amigas y eso ha mejorado mi relación con JP. Cuando quiere salir con Seb y Thomas, yo me voy con mis amigas. ¡Te juro que no me reconocerías esta semana! ¡Estoy de tan buen humor que he decidido perdonar a mis padres por haberme estropeado la cita con JP!
Fuera bromas, ¡vamos a quedar el sábado! :) Me ha invitado a ir al cine, ¡y puedo elegir la película que quiera!

Estoy deseando ver *Crepúsculo* antes de que la quiten de la cartelera, así que voy a aprovechar. ¡Y en francés! ¡Sí, señora! xD
Antes de ponerme a estudiar tengo que contarte un pequeño incidente que ha sucedido esta mañana. De camino al instituto me he topado con Thomas, que giraba una esquina. Me he chocado con él, así que esta vez no podía hacer como que no lo veía.

Thomas: Hola, Marilou.
Yo: Sí, sí. *Bye*.
Thomas: ¡Espera, Marilou! ¿Cómo está?
Yo: Has conseguido que nos distanciemos y nos peleemos por primera vez en la vida, sin contar con que le has VUELTO a romper el corazón al ocultarle que estás saliendo con una bruja. Aparte de eso, está bien.
Thomas: ¿Sabes si vendrá pronto?
Yo: Uno: no lo sé; y dos: aunque lo supiera, ¡no estaría tan loca como para decírtelo!
Thomas: Imagino que no te tomarás la molestia de saludarla de mi parte, ¿no?
Yo: ¡Antes me comería una morcilla cruda! *Bye*, Thomas.

Había conseguido evitarlo después de lo que ocurrió (y ya sabes que no es fácil, puesto que vamos al mismo instituto y es el mejor amigo de mi novio), pero se ha tenido que enfrentar a Marie-LOBA en todo su esplendor. ;)
Venga, te dejo. ¡Intentaré conectarme después para que me cuentes novedades!
Besos,
Lou

Para: Katherineminina@mail.com
De: Léa_megusta@mail.com
Enviado: jueves, 6 de febrero 20:01
Asunto: ¡Hola!

¡Hola, Katherine!
Espero que estés bien (o, al menos, que estés mejor). Solo quería saber de ti. No he podido hablar contigo desde el fin de semana pasado. Sé que estabas muy triste, así que espero que con el tiempo tu dolor disminuya un poco. A lo mejor te anima esto: cuando Thomas me dejó, sentí un enorme agujero en el pecho y temía que todos los días fueran así. Con el tiempo comencé a respirar mejor y a veces me levantaba por la mañana sin el nudo en la garganta. Después empecé a conocer mejor a Éloi... ¡y ya conoces el resto! ;)
Vaya, ¡que estoy segura de que hay muchos chicos a tu alrededor que desearían salir con la preciosa Katherine! ¡Peor para Félix! Él se lo pierde.
Hablando de chicos... No quiero ser indiscreta, pero me parece que José se te pegaba mucho en la casa de Jeanne, ¿no? Me pareció entender entre líneas que José y Maude se habían peleado y habían roto (de nuevo), así que me preguntaba si ha pasado algo entre vosotros... No tienes por qué responderme, pero como, sin quererlo, estoy metida en los tejemanejes de Maude, sé lo mala que puede ser cuando quiere y no querría que sufrieras.
¡Cuéntame novedades! Estaría genial cotorrear de todo esto en persona, pero visto el panorama prefiero mantenerme lo más lejos posible de tu grupo de amigas. :S
Besos,
Léa

Para: Léa_megusta@mail.com
De: Katherineminina@mail.com
Enviado: jueves, 6 de febrero 20:33
Asunto: Re: ¡Hola!

¡Hola, Léa!
Muchas gracias por tu correo. ¡Eres genial por animarme tanto! Sí que me parece duro a veces, pero admito que la ira que siento me ayuda a salir adelante.
Es un asco que ya no hablemos en el instituto, pero te entiendo. Ya sé de qué es capaz Maude (todavía me acuerdo del famoso rumor que propagó sobre mí el año pasado) y en tu lugar yo también desconfiaría.
En cuanto a José, es un poco complicado. Creo que Éloi ya te ha contado lo que pasó el año pasado. Las cosas se arreglaron entre Éloi y yo (sobre todo desde que sales con él), pero entre Maude y yo la situación ha sido siempre un poco tensa. Hacemos como si no hubiera pasado nada, pero en el fondo creo que la confianza se acabó entre nosotras y que desconfiamos un poco la una de la otra.
Dicho esto, mi intención no era mala al acercarme a José. Es él el que sigue intentándolo conmigo, y ahora mismo me viene muy bien tener un poco de apoyo. Es verdad que siempre he tenido debilidad por él (sobre todo antes de conocer a Félix), pero también sé que liga con todo lo que se mueve, así que no me hago muchas ilusiones y guardo las distancias.
Ya has visto lo que ha pasado con él y Maude. El domingo pasado rompieron (de nuevo). Maude se enteró de que había besado a otra chica en las vacaciones y montó un numerito, pero creo que lo habría perdonado si él no la

hubiera dejado. José me ha explicado que ya no aguanta la relación que tiene con ella y que esta vez necesita un descanso. ¡Continuará!
¡Llámame el fin de semana si te apetece hablar!
Bss,
Katherine

Jueves, 6 de febrero

21:04

Marilou (en línea): ¡Por fin te has conectado!

21:04

Léa (en línea): ¡Sí! ¡Perdona! Estaba en modo invisible porque no puedo concentrarme cuando hablo por aquí. Pero ya he terminado los deberes, ¡así que estoy libre!

21:05

Marilou (en línea): ¿Has leído mi correo?

21:06

Léa (en línea): ¡Sí! ¡Gracias por lo de Thomas! ¡Me encanta que salgas en mi defensa! Y es verdad que no le interesa cómo estoy ni cuándo pienso ir. Hablando de eso, se lo he comentado a mis padres ¡¡¡¡y me han dicho que no ven objeción en que vaya a pasar dos o tres días contigo en la semana de vacaciones!!!!

21:07

Marilou (en línea): ¡Genial! ¡¡¡Voy a organizar un montón de actividades!!! ¡Y te prometo que haremos todo lo posible para evitar a Thomas! xD

21:07

Léa (en línea): Gracias. ☺

21:07

Marilou (en línea): ¿Y qué tal con Alex?

21:09

Léa (en línea): No ha ido mal. Fuimos a la biblioteca (el lugar menos romántico del mundo) y nos concentramos en el trabajo. Al final, solo me preguntó si estaba bien con Éloi y le dije que sí. Fue bien, no cometí NINGUNA torpeza.

21:11

Marilou (en línea): ¡Estupendo! Eso espero. ¡Estabais en la biblioteca! xD ¿Y has pensado en un plan de acción con respecto a Maude?

21:14

Léa (en línea): Aún no, pero has imaginado bien: no quiero implicar a Katherine en esto. Además, creo que le gusta José y, después de lo que le ha hecho Félix, ¡no quiero fastidiarla! Ya sé que José no es trigo limpio ni honesto, pero no es culpa de Katherine. No obstante, en ese grupo los escándalos se siguen unos a otros, así que acabaré encontrando otra cosa...

21:15

Marilou (en línea): Ya, y puedes contar con mi ayuda. ☺ ¡No olvides que somos las demoledoras de memas!

21:15

Léa (en línea): xD

21:16

Marilou (en línea): Bueno, ¡me voy! JP acaba de llamarme. ♥

21:16

Léa (en línea): ¡Vale! ¡Hasta mañana! Besos.

Para: Marilou33@mail.com
De: Léa_megusta@mail.com
Enviado: sábado, 8 de febrero 10:07
Asunto: ¡Gracias, José!

¡Hola!
Espero que ayer pasaras una buena noche. Sé que tenías planeado ir a casa de Seb con Seph y Laurie, ¿fue al final Thomas? (¿Se atrevió a aparecer sabiendo que tú ibas y que no querías verlo? O peor: ¿apareció con Sarah?)
Por mi parte, la fiesta en casa de Édith fue muy parecida a la última: aburrida. Había mucha gente que no había visto en la vida y no me sentía demasiado cómoda. Al menos estaba con Éloi, así que me sentí menos marginada que la última vez xD. Nos cruzamos con la señora Perfecta, que aprovechó para dedicar su preciosa sonrisa a Éloi. Yo le respondí acercándome a él y plantándole un beso en la mejilla. Me miró como si fuera una guarra y se fue con Édith. Después de una aburridísima hora le propuse a Éloi que nos fuéramos. Cuando fuimos a por nuestros abrigos, nos dimos cuenta de que José estaba besando a una chica. Hice una mueca de asco y me dispuse a seguir mi camino cuando Éloi me paró.

Él: ¡Madre mía! ¡Mira!
Yo: Eh... ¡no, gracias! No me gusta José, así que digamos que sus actividades salivares no me interesan demasiado...
Él: No, ¡mira a QUIÉN está besando!

Entrecerré los ojos, pero como estaban en un rincón y la cabeza de José tapaba la cara de la chica, me tomó unos segundos darme cuenta del color de su pelo... ¡Rojo!

Yo: ¡No! No puede ser...
Él: ¡Es Sophie!
Yo: ¿Qué hace aquí con José? ¡Es una fiesta de los de quinto de secundaria!
Él: Sophie es prima de Édith, así que supongo que la ha invitado ella. ¡Lo que no sé es qué hace besando al ex de su mejor amiga!
Yo: ¡Vaya! ¡Pensaba que los cotilleos no te interesaban!
Él: Ya, ¡pero ahora soy testigo! Me sorprende que le haga eso a Maude.
Yo: ¡Ya ves! Además, pensaba que le gustaba Alex, ¡y mi hermano!

Iba a acercarme a ellos para que supieran que les había visto (y montar un numerito para vengarme), pero Éloi me bloqueó el paso.

Él: ¡No! Si saben que lo sabes, van a intentar buscarte las cosquillas.
Yo: ¿Por qué? No tengo cosquillas, ¡menudo suplicio!
Él: No, que te van a hacer chantaje (mensaje a mí misma: pensar antes de responder a Éloi para no parecer una idiota). ¡Conozco a esa gente! Es mejor que te guardes la información y que la utilices en un buen momento.
Yo (dando una palmada): ¡Eso es! Otra vez has tenido una idea genial. ¡Ya he encontrado mi escándalo! Ya había visto a José arrimarse a Katherine, aunque no quería implicarla a ella en esto... Pero después de cómo me trata Sophie desde el principio del curso utilizarla a ella me da igual.

Cuando mencioné lo de José y Katherine vi que Éloi frunció el ceño.

Yo: ¿Estás bien?

Él: Sí, ¿qué es eso de José y Katherine? ¿Por qué no me habías dicho nada?

Yo: Te lo iba a contar, pero me dijiste que no te interesaban los cotilleos. Cuando fui a casa de Jeanne la semana pasada Katherine también vino. José también se pasó por allí y estuvieron muy juntitos. Pensé que a lo mejor había pasado algo entre ellos, pero ahora, al ver a Sophie y José juntos, veo que estaba equivocada.

Él (pensativo): Eh... ¿así que crees que Katherine sigue pensando en él?

Yo: No he dicho eso. Más bien me parece que hay una rivalidad entre ella y Maude.

Él: Me parecería una idiota si volviera a tragarse el anzuelo.

Yo: Perdona, ¿estás celoso? ¿Tiene que preocuparme que aún sientas algo por Katherine?

Él (abrazándome): ¡Qué va! La he visto últimamente con tu hermano y no he sentido nada. Pero como el año pasado me engañó con José, admito que el tema me sigue afectando un poco.

No le respondí. Me puse el abrigo y lo seguí a la parada del autobús (¡me acompañó a casa! Qué mono, ¿eh?). Estoy segura de que no me miente en lo que concierne a Katherine porque es verdad que no pareció afectarle mucho que saliese con Félix. No obstante, no era consciente de lo que le dolió lo de José. Después de todo, lo engañó con él y con todo lo que Thomas me ha hecho pasar con Sarah Beaupré puedo entenderlo.

Esta mañana me levanté sabiendo que tenía en mi poder información privilegiada. Según una fuente fiable (yo

misma), la supuesta mejor amiga de Maude besó a su ex el sábado por la noche. No sé qué hacer, ¿qué me sugieres? Ya sé que Maude no dudaría un segundo en proclamar la historia y contársela a todo el mundo, pero yo no soy así. Además, no quiero sentir que me estoy rebajando a su nivel (Éloi tiene razón en eso). Simplemente quiero sembrar la duda para que me dejen tranquila y sepan que no me dejo pisotear sin hacer nada...
¡¡Respóndeme!!
Besos,
Léa

Para: Léa_megusta@mail.com
De: Marilou33@mail.com
Enviado: domingo, 9 de febrero 15:15
Asunto: Tormenta

¡Hola! ¿Por qué hay una tormenta de nieve en domingo? ¿Por qué? ¿El señor Tiempo no sabe que no sirve para nada? Si fuera mañana no habríamos tenido clase, ¡y no tendría que quedarme encerrada en casa todo el día de hoy! ¡Tenía muchas ganas de ver a JP! :'(Mis padres han intentado animarme sacando juegos de mesa (del tipo Monopoly), ¡pero llevamos dos horas jugando y ya estoy harta!
Bueno, voy a dejar de quejarme y a contarte novedades.
La noche del viernes fue genial... hasta que apareció Thomas, ¡grrr! Pensaba que no se atrevería a venir, pero llegó después de salir del trabajo. Por suerte no apareció con su novia, aunque aun así el ambiente se transformó. JP y

Seb se vuelven más «machos» cuando está Thomas y nos hacen menos caso a Steph y a mí, y el novio de Laurie parecía intimidado. Cuando solo estaban JP y Seb procuramos hacer que se integrara para evitar que se sintiera demasiado joven, pero cuando llegó Thomas los chicos empezaron a hablar de coches y de hockey y vi que Laurie estaba incómoda. Poco después se fueron ella y su novio. Empecé a hacerle señales con la mirada a JP para que se diera cuenta de que me aburría y que quería que pasáramos un rato juntos, ¡pero no me hizo ni caso!
Al final decidí marcharme (sola) sobre las 21:15. JP me acompañó a la puerta.

JP: ¿Por qué te vas tan pronto?
Yo: Mis padres quieren que esté en casa en cuarenta y cinco minutos y antes que aburrirme aquí sola prefiero irme ya.
JP: Pero si no estás sola, ¡está Steph!
Yo: Sí, pero a Steph la veo todos los días. He venido a verte a ti, ¡no a ella!
JP: Lo siento, Marilou, pero también es normal que quiera ver a mis amigos.
Yo: Ya, ya lo sé, tus amigos siempre son lo primero. ¡No me sorprendería que pasaras también San Valentín con Thomas y mi cumpleaños con Seb!
JP: ¡Qué exagerada! Solo quería estar con todos. ¡Podrías hacer tú también un esfuerzo! No le has dirigido la palabra a Thomas en toda la noche.
Yo (alzando el tono de voz para asegurarme de que Thomas me oía): ¡Thomas me da igual! ¿De verdad crees que después de lo que ha pasado me apetece ser simpática con él? Si quieres ser su amigo es tu problema, pero no me

metas a mí. Y no intentes incluir a Sarah en nuestro grupo, ¡porque tendrías que hacerlo sin contar conmigo! ¿Está claro?
JP (rojo de vergüenza y de ira): Sí, bueno, es mejor que te vayas, ya hablaremos de ello en otro momento.

¡Y eso no es todo! Ayer por la mañana me llamó Steph para decirme que cuando me fui llegó Sarah. ¿Te lo puedes creer? ¡Solo estaba esperando a que me fuera para unirse! Le dije a Steph que te escribiera para contarte los detalles porque temía olvidarme algo.
¡No me puedo creer que Sophie haya besado a José! ¿Pero por qué todas van detrás de él? Qué raro que un grupo de tan buenas amigas comparta al mismo chico y se engañen a las espaldas, ¿no?
¡Voy a hacer un resumen! Maude y José salen juntos desde... siempre, pero su relación ha sido siempre tormentosa. En una de sus famosas discusiones, José decidió engañar a Maude con su amiga Katherine. Maude se vengó besando a Éloi, que era el novio de Katherine por aquel entonces. Las cosas nunca volvieron a ser como antes entre las dos amigas, pero hacen como si no hubiera pasado nada. Apenas un año más tarde Sophie, una de las más fieles discípulas de Maude, que conoce la situación y que sabe lo que su amiga sufrió por José, decide pasar (¡guau!) de los sentimientos de su mejor amiga y besar a José menos de una semana después de que deje a Maude. En serio, estoy sin palabras. Ese tipo de dramas no existen en nuestro pueblo xD.
Si quieres mi consejo, creo que deberías utilizar la historia de Sophie para vengarte. La idea del artículo sobre las tiranas tampoco está mal... ¡tú decides! Cuéntaselo a Éric

para saber qué texto puedes escribir para el próximo número y a ver cómo podemos arreglar esto.
¿Ha nevado en Montreal? ¿Te ha escrito Steph?
¡Llámame después! ¡Me aburro!
Besos,
Lou

Para: Léa_megusta@mail.com
De: Stephguapa@mail.com
Enviado: domingo, 9 de febrero 16:10
Asunto: Sara «la superestrella»

¡Hola, Léa!
Espero que estés bien y que haga mejor tiempo allí que aquí. ¿Cómo te va con Éloi? ¡¡¡Marilou me ha contado que es muy simpático!!! ¡A mí me va genial con Seb! No nos peleamos nunca, así que apenas tengo nada que contarte en ese sentido xD. Lo único que me molesta (seguro que Lou te lo ha contado) es que cuando está con sus amigos se vuelve independiente.
Te escribo sobre todo para contarte lo que pasó el viernes por la noche después de que se fuera Marilou (ella insiste en que te lo cuente yo porque no quiere olvidarse de nada xD).
Cuando se fue, Thomas nos preguntó si nos molestaba que viniera Sarah. Evidentemente, los chicos le dijeron que no había ningún problema. Thomas se giró hacia mí y me encogí de hombros (¡yo no tengo el carácter de Marilou!). Sarah llegó unos quince minutos más tarde.
Primero: ¡se ha tintado de rubia platino! ¡Me sobresalté cuando la vi! A mí me parece que no le sienta muy bien

(seamos claras, es una tontería que se tinte de rubia. Me parece que intenta parecerse a ti).
Segundo: ha cambiado un poco de estilo. Me parece más rockera que antes. No sé si es porque sale con un chico que trabaja en un taller y quiere parecer una chica oscura y misteriosa, pero creo que antes no llevaba chaquetas de cuero ni collares de pinchos.
Tercero: tiene un tatuaje en el hombro que dice *troue love*. A lo mejor soy nula en inglés, pero ¿perdona? *Troue love!* ¡Se escribe *true love*, idiota! ¡Un tatuaje con una falta! ¡¡¡Habrase visto!!! Le pregunté (de un modo inocente, como no podía adoptar la actitud de malota de Marilou [no está en mi ADN] lo mejor era fingir ser su amiga, así podría obtener información secreta y contaros todo después) si representaba su relación con Thomas. Al principio no quiso darme detalles, ¡pero conseguí soltarle la lengua! ¡Muajaja!

Yo: ¿Tu tatuaje es por Thomas?
Sarah (mirándome de un modo sospechoso): Es personal.
Yo (hipócrita): Está guay. Ya sé que mucha gente dice que tatuarse es una tontería, pero yo creo que es una bonita prueba de amor.
Sarah: Yo pienso igual, por eso me he hecho el tatuaje.
Yo: Lo guay es que aunque cambies de novio, ¡acabarás encontrando a tu amor verdadero!
Sarah: ¿Por qué iba a cambiar de novio?
Yo: No, lo digo por decir. Si te hubieras tatuado por Jonathan, el mensaje también se aplicaría a Thomas ahora, ¿no?
Sarah: Lo de Thomas y yo es para toda la vida.
Yo: Ah, ¿sí? ¿Le quieres más que a Jonathan?

Sara: ¡Sí! Thomas y yo nos entendemos. Somos como almas gemelas.
Yo (con una mirada tan sincera que no se dio cuenta de que le estaba sonsacando información para revelársela al enemigo): ¿No te da miedo que siga enamorado de Léa?
Sarah (dudó mucho antes de responderme): No lo sé. Nunca me habla de ella. Lo hacía cuando éramos amigos, pero desde que salimos juntos no me ha dicho nada. Pero bueno, Léa está lejos y Thomas es mío. Con todo el tiempo que llevo esperando...
Yo: Ah, ¿sí? ¿Te gusta desde hace mucho?
Sarah: Desde siempre... Desde que lo vi supe que acabaríamos juntos. Estaba escrito...

Después estuvo veinte minutos dándome la tabarra con los astros y la astrología, lo que me lleva al punto número cuatro.
Cuarto: tiene *look* de rockera, parece una chica muy esotérica que cree en el destino y en los signos del universo. Creo que se está buscando a sí misma. Seguro que estás pensando que en realidad todos los adolescentes se buscan a sí mismos, ¡pero el caso de Sarah Beaupré es peor! Al final conseguí llamar la atención de Seb y hacerle una señal para que me salvara. Nos fuimos enseguida, pero me di cuenta de que Thomas estaba un poco molesto y que no la tocó en toda la noche. No sé si es porque le da vergüenza que lo vean con ella o porque teme que te lo cuente todo, ¡pero se mantuvo lejos de nosotras!
¡Espero que mi historia haya satisfecho tu curiosidad!
Ah, sí. Marilou me ha dicho que vas a venir a visitarnos en las vacaciones. ¡Tengo muchas ganas de verte! Vamos a organizar un montón de actividades de chicas. Y, como

dice Lou, ¡vamos a hacer todo lo posible para evitar a Thomas! Creo que es mejor que no te lo encuentres, ¡ya ha causado demasiados problemas! ;)
Un beso grande, ¡y hasta muy pronto!
Steph

Para: Marilou33@mail.com
De: Léa_megusta@mail.com
Enviado: martes, 11 de febrero 19:57
Asunto: ¡Muchas cosas que contarte!

¡Hola!
Antes que nada: ¡¡en diez días es tu cumpleaños!! Todavía no me creo que no vaya a estar allí para celebrarlo contigo. :(Te prometo que cuando vaya te compensaré.
Hablando de eso, como tengo exámenes a la vuelta de las vacaciones prefiero ir al principio de la semana, ¡lo que quiere decir que estaré en tu casa desde el domingo 1 de marzo hasta el martes 4 de marzo! No está mal, ¿no? He intentado convencer a mis padres para volver el miércoles o el jueves, pero quieren que pase el resto de la semana en casa para hacer algo en familia (ellos tienen vacaciones el jueves y el viernes) en Montreal. ¿Te viene bien?
Hoy he estado con Éloi en el aula del periódico y le he contado que voy a ir a verte, pero no ha reaccionado como esperaba.

Él (sorprendido y distante): ¿Vas a volver?
Yo: Solo unos días para ver a Marilou.
Él (con una mirada sospechosa): ¿Solo a Marilou?

Yo: También a Laurie y Steph.
Él (descontento): No me refiero a eso.
Yo: Eh... no me entero.
Él (con aspecto acusador): ¿Vas a ver también a Thomas?
Yo: ¡Puedes estar seguro de que voy a hacer lo que sea para evitarlo!
Él (pensativo): Eh...
Yo: ¿Qué?, ¿no me crees? ¿Te asusta que vea a Thomas?
Él (con aspecto triste): Un poco... Todavía está reciente lo vuestro y soy muy consciente de lo mal que lo has pasado.
Yo: Sí, pero ya no estoy mal. ¿Sabes por qué? Porque estoy contigo. ¡Te quiero a ti!

Nos besamos pero lo noté un poco frío. Me sentí mal porque me acordé de toda la historia con Thomas y pensé en los correos que nos enviamos y que oculté a Éloi. ¿Te imaginas que se entera?
Tal vez reaccionara así por lo de Katherine y lo que le hizo. Cuando alguien te engaña, te vuelves desconfiado, ¿no? Se lo pregunté, pero lo negó. Me dijo que solo era porque nuestra ruptura era muy reciente.
Iba a preguntarle más cosas pero llegó Éric para hablarnos del próximo número del periódico.

Éric: Léa, después de todo lo que ha pasado prefiero que seas discreta en el próximo número.
Yo: Eh... ¿qué quiere decir que sea discreta?
Éric: Pues que prefiero que te encargues de una crónica para que la gente chismorree menos.
Yo: ¡Eso es exactamente lo que Maude quiere! ¿Desde cuándo estás de su lado? ¿No confías en mí?

Éric: No es eso... Solo quiero publicar un número sin que haya polémica.
Yo: ¿Sin qué?
Éloi (en voz baja para explicármelo): Sin que se monte un espectáculo o un drama.
Yo (con un tono sarcástico): ¿Entonces qué? ¿Quieres que me ocupe de la sección de objetos perdidos?
Éric: No... pero podrías ocuparte del horóscopo.
Éloi: ¡A ver, Éric! Léa tiene demasiado talento como para que le des el horóscopo.
Yo (dándole un codazo a Éloi): ¡No, no! Está bien, me ocupo de eso.
Éric: ¡Genial! Así Maude tendrá tiempo para calmarse.

Después de la reunión, Éloi se me acercó para preguntarme si me había vuelto loca por haber aceptado ocuparme de algo tan tonto y le conté mi genial idea: estaba buscando un modo eficaz pero discreto de sembrar la duda en Maude y montar otro escándalo. Como sé que las memas leen el horóscopo todos los meses (de hecho, creo que es lo único que leen), ¡puedo difundir el mensaje a través de predicciones!
Por ejemplo, con Maude: «¡Cuidado! ¡Una amiga pelirroja intenta robaros a vuestros ex!»
Ingenioso, ¿eh? Como sé que la mayoría de los estudiantes lee el horóscopo para divertirse y mi nombre aparecerá debajo, ¡están todos los ingredientes para poner en marcha la máquina de los rumores! Estoy muy orgullosa de mi plan y estoy deseando entregar mi texto (este fin de semana como muy tarde) y que la semana que viene se publique el periódico para que la gente deje de mirarme (no, ¡aún no ha mejorado la cosa! Al menos los vigi-

lantes están muy atentos después de lo que pasó en mi taquilla, así que nadie se atreve a volver a pintarrajearla). ¡¡Dime qué te parece!! Tengo que volver a mis cosas, el oral de inglés es el viernes y aún no lo he terminado. Solo de pensarlo me da dolor de barriga. :(
Léa

P.D.: He recibido el correo de Steph. Lo he leído cuatro veces para asegurarme de que lo he comprendido. ¿Me puedes explicar qué hace Thomas con una chica así? Es muy diferente de mí. Si tanto cree en los ángeles y en los signos de los astros me las apañaré para escribirle un buen horóscopo. ¡Grrr! Además, he cotilleado su página de Facebook (la tiene abierta a todo el mundo) y tiene de estado «¡Quiero mucho a mi novio!». ¡Pero bueno! ¡Tranquilízate un poco!

7

A grandes males, grandes remedios

El blog de Manu

Añade un título: Contraataque

Explica tu problema: ¡Hola, Manu! Hoy te escribo para hablarte de un problema de intimidación... Imagino que se le puede llamar así. Supongo que te acuerdas del grupo de memas que me hace la vida imposible. Este mes, Maude (la reina de las memas) ha decidido propagar un rumor sobre mí relacionado con un artículo que escribí para el periódico del instituto. Ha dicho que plagié un texto suyo, ¡y no es verdad! Ha puesto a todo el mundo en mi contra y hasta alguien me escribió «copiona» en mi taquilla.
Por suerte para mí, tengo un novio leal y amigos con los que puedo contar, pero aun así me duele que un grupo de chicas me odie tanto. He leído tus respuestas en temas relacionados con la intimidación y dices que es mejor denunciar a los agresores, pero en este caso no tengo ninguna prueba de que Maude sea la culpable y creo que los profesores ya han hecho todo lo posible para frenar sus impulsos de tirana.
También he leído que no hay que dejarse intimidar. He pensado en seguir ese consejo y contraatacar para desviar la atención de mí. He descubierto un secreto sobre ese grupo y mi intención es hacer sospechar a Maude dando pistas en el horóscopo que tengo que escribir para el periódico. Me parece una idea ingeniosa, ya que voy a sem-

brar la duda sin caer bajo. No obstante, tengo que admitir que una pequeña parte de mí está un poco angustiada por todo esto. No sé cómo he llegado hasta esta situación ni por qué estas chicas me odian tanto. Soy nueva en el instituto y creo que no les he hecho nada malo. Ya sé que a veces la gente reacciona así sin razón, simplemente por celos o por necesidad de intimidar a los otros para sentir poder, pero nunca habría imaginado que estaría en una situación igual.
No tengo ninguna pregunta... Creo que solamente quería contárselo a alguien sin que me juzgara.
¡Gracias por lo que haces por nosotros, Manu!
Besos,
Léa

Manu responde dos preguntas por semana. Tal vez tú seas la elegida...

21:44

Félix (en línea): ¡Hola! ¿Tienes un minuto?

21:45

Léa (en línea): ¡NO! Estoy practicando el oral, ¡y me va FATAL! ¿Cómo se pronuncia «espejo»?

21:45

Félix (en línea): Eh... Es-pe-jo.

21:45

Léa (en línea): ¡Digo en inglés! ¡Eso de *mirror*! ¡No tengo ni idea! ¡El «rorr» es imposible de pronunciar! Me estoy volviendo loca.

21:46

Félix (en línea): ¡Simplemente no lo digas!

21:46

Léa (en línea): ¡No puedo! ¡Voy a hablar de un castillo con muchos espejos! ¡No puedo obviar esa palabra!

21:46

Félix (en línea): Pues di *glass*, a tu profe le va a dar igual.

21:47

Léa (en línea): ¡Sí! ¡Buena idea! ¡Gracias, Félix! ¡Me encanta cuando sirves de ayuda! *Bye*.

21:47

Félix (en línea): ¡Eh, espera! Yo también quería preguntarte algo.

21:48

Léa (en línea): Te doy tres segundos. Y si es para invitarme a otra fiesta de Édith la rebelde, ¡olvídate!

21:48

Félix (en línea): No, no es para eso (es cierto, la última fiesta fue un rollo). Quería que me contaras qué tal está Katherine.

21:49

Léa (en línea): ¿Por qué quieres saberlo?

21:50

Félix (en línea): Ya sabes, hemos estado saliendo casi tres meses... y la quiero mucho. Que ya no estemos juntos no significa que ya no sea importante para mí... Y la echo de menos.

21:50

Léa (en línea): ¿En serio?

21:51

Félix (en línea): Sí. Solo quiero saber cómo está. Ya sé que lo que le he hecho no está bien... espero que no esté mal.

21:51

Léa (en línea): ¡No te creas tan importante, Félix Olivier! En serio, creo que sigue dolida, pero cada día está mejor.

21:52

Félix (en línea): ¿Sale con alguien?

21:53

Léa (en línea): Creo que no. Pero ¿por qué? ¿Estás desesperado porque no encuentras a nadie para San Valentín? Olvídate de ella, Félix, nunca va a querer volver contigo.

21:54

Félix (en línea): Ya veremos... Es complicado. Me arrepiento de haberla engañado. Ya sé que está enfadada conmigo y lo entiendo. Bueno, te dejo trabajar. *Good luck for tomorrow!*

Para: Marilou33@mail.com
De: Léa_megusta@mail.com
Enviado: viernes, 14 de febrero 11:12
Asunto: ♥

¡Hola!
¿Sabes qué? ¡¡Existe un dios para las chicas nulas en inglés!! Esta mañana me levanté superpronto con un nudo en el estómago. Estaba tan nerviosa por la exposición oral que pensé que me iba a desmayar antes de ir al instituto. Pero cuando miré por la ventana ¡había una niebla tan espesa que ni siquiera se veía el otro lado de la calle!
Mi padre puso la radio para ver si los colegios estaban cerrados (lo que me recordó a cuando estábamos en primaria y nos sentábamos junto a la radio para saber si había clase) ¡¡y sí!! Todos los colegios de mi comisión escolar cerraban todo el día, lo que quiere decir que no he podido hacer la exposición oral hoy ¡y puedo aprovechar el fin de semana para practicar!
¡Hoy es San Valentín! Mi madre nos ha comprado unos corazoncitos de chocolate que me he comido en el desayuno (oh, oh, dolor de barriga). Después, mis padres se fueron a trabajar, ¡así que Félix y yo teníamos la casa para nosotros solos!
Félix me preguntó como si nada (gracias, Éloi) si pensaba invitar a «mis amigas» (creo que esperaba que invitara a Katherine. Lleva varios días que no deja de hablar de ella), pero le dije que prefería estar sola con mi novio. Mi padre escuchó nuestra conversación y me prohibió quedarme sola con Éloi, así que llamé a Annie-Claude, que no podía venir por el mal tiempo. Después llamé a Jeanne, que aceptó venir a casa con la condición de que con-

venciera a Katherine de que viniera para no tener que estar sola con Éloi y conmigo (la entiendo).
Para sorpresa mía, ¡Katherine aceptó la invitación! Cuando le dije que iba a estar Félix me respondió que estaba preparada para enfrentarse a él y que ya era hora de hacer las paces con el pasado. No hace falta que te diga que mi hermano se puso loco de contento cuando le dije que iba a venir. Me dijo que había invitado a Édith y a dos amigos suyos de quinto que solo conocía de vista.
Mi madre acaba de irse a trabajar tras hacerme prometerle que no voy a meterme sola en la habitación con Éloi. No entiendo por qué se preocupa tanto por mí, ya sabes que no estoy aún preparada para dar el paso con Éloi, ¿por qué no confía en mí?
Bueno, ¡voy a ducharme antes de que llegue todo el mundo! ¡Viva las tormentas de nieve y viva San Valentín!
Besos,
Léa

Para: Léa_megusta@mail.com
De: Marilou33@mail.com
Enviado: viernes, 14 de febrero 17:10
Asunto: ¡JP ha abierto la caja de Pandora!

¡Hola!
Espero que pases un buen día con tu enamorado ♥ Ya sé que tu padre se pone nervioso, pero bueno, piensa que solo quiere protegerte, él no sabe que tú no quieres dar el paso. De todas formas, entiendo tu frustración porque mis padres son iguales conmigo. ¡Nada de que JP entre en mi habitación! xD

Hablando de JP, esta semana le dije que pensabas venir en las vacaciones y no le advertí que no se lo contara a Thomas (estaba segura de que había entendido que era un secreto). Pues bien, ¿sabes qué? Tu ex le preguntó si sabía algo de ti ¡y el idiota de mi novio le contó que vienes en dos semanas! Le solté un sermón explicándole lo importante que es que os mantengáis alejados el uno del otro (te quiero, pero no me fío de que veas a Thomas), pero Thomas ya lo sabe todo. Léa, te lo advierto, voy a hacer todo lo posible para que lo evites y para que ni siquiera veas su sombra, ¿está claro? xD No me imagino cómo debe de estar Sarah Beaupré, ¡si se siente amenazada aun estando a cientos de kilómetros de aquí!

Aquí no hay tormenta, solo hace un día gris, ¡qué ganas de que llegue el verano! Al menos ya mismo es mi cumpleaños (¡yupi 1!) y hoy es San Valentín (¡yupi 2!). ¡JP me ha invitado a un restaurante esta noche! (vamos a comer comida italiana en el Gepetto. No es el lugar más elegante, pero es mejor que ir a casa Ti-Paul xD).

Bueno, tengo que arreglarme. Me he comprado un jersey rojo de lana (ajustado) para la ocasión. Qué ganas de que haga calor para ponerme vestidos. ¡Estoy harta del invierno!

Escríbeme para contarme qué tal tu día. Mañana tengo entrenamiento de natación por la mañana, pero intentaré conectarme a mediodía si no he recibido noticias tuyas para entonces.

¡Feliz San Valentín!

Besos,

Lou

Para: Marilou33@mail.com
De: Léa_megusta@mail.com
Enviado: sábado, 15 de febrero 10:34
Asunto: ¡Cuántas emociones!

¡Hola!
No puedo esperar a este mediodía para contarte lo que pasó en nuestra casa de locos xD.
Los amigos de Félix fueron los primeros en llegar ayer. Édith había alquilado dos películas de acción y se instalaron en el salón con palomitas (tengo que decirte que uno de sus amigos es muy mono. Cuando me saludó, hasta tartamudeé al responder... ¡Ahora sé que cuando tartamudeo es porque me pongo nerviosa!).
Éloi fue el siguiente en llegar y saludó a todo el mundo. Nos fuimos a la sala de estar de la planta de arriba para tener un poco de intimidad (es decir, besarnos sin que mi hermano nos viera). Después llamaron a la puerta y, cuando bajé, vi que Félix había dejado pasar a Katherine. Lo que me sorprendió fue la seguridad de ella, ¡no tenía nada que ver con la chica destrozada y triste de hace dos semanas!

Félix: Hola, Katherine. Me alegro de verte...
Katherine: ¡Hola, Félix! ¡Yo también me alegro! Pareces estar muy bien (estiró el cuello para asomarse al salón). ¡Hola, Édith!, ¡hola, Mathieu!, ¡hola Thomas! (¡Ironía del destino que el chico guapo se llame también Thomas!)
Félix (sorprendido): Eh... ¿te alegra verme? Guau, me alegra saberlo. Pensaba que seguías enfadada conmigo.
Katherine: ¡Qué va! Ya está todo olvidado. No estamos hechos para estar juntos, ¡eso es todo! Bueno, me voy con mis amigos. ¡Hasta luego!

Volvió la cabeza con aires dramáticos, haciendo ondear sus largos cabellos negros. Te lo juro, ¡pensé que a Félix le iba a dar un síncope! Seguramente esperaba encontrarse con una chica frágil y tener que disculparse por enésima vez, pero en lugar de eso descubrió a una Katherine que, al parecer, no había visto antes: ¡una Katherine segura de sí misma que le dijo que no estaban hechos para estar juntos! Cuando llegó Jeanne nos fuimos arriba para hablar (Éloi aprovechó para terminar su artículo. Al parecer los cotilleos de chicas no le interesaban).

Yo: Katherine, ¿qué te ha pasado? ¡Te veo diferente a hace dos semanas!
Katherine: ¡Exacto! Después de pasarme una hora llorando en vuestros brazos, decidí seguir adelante.
Jeanne: ¡Guau! ¡Eres más fuerte de lo que pensaba!
Katherine: He leído libros sobre rupturas y me ha servido de ayuda. Lloré todas las lágrimas que tenía y después decidí que era suficiente. ¡Merezco algo mejor! Además, creo que estoy más guapa cuando soy fuerte que con los ojos hinchados. Todo el mundo me miraba con pena.

Nos echamos todos a reír.

Yo: Parece que a Félix le ha sorprendido.
Katherine: ¿Tú crees?
Yo: ¡Claro! ¿Le has visto cuando le has dicho todo eso de que es pasado? ¡Casi se desmaya!
Katherine: Ya... También he decidido cambiar mi actitud con él. No quiero que me siga tratando como a una cría.
Jeanne: Si te la pidiera, ¿le darías una segunda oportunidad?
Katherine: No sé si podría confiar en él... Pero una cosa

está clara: aunque volviéramos a estar juntos, las cosas ya no serían como antes. Yo no le concedo mi amor a cualquiera. Éloi ya lo sabe. Antes, el chico tiene que demostrarme que vale la pena. La primera vez cedí muy fácilmente con Félix porque es guapo y está en quinto de secundaria, pero ya no volverá a suceder. Merezco que me traten como a una princesa.

(Me di cuenta de que había puesto dos chapas en su mochila del instituto: ¡una con brillantes en la que ponía «amor» y otra en la que ponía «princesa»!)
Jeanne y yo intercambiamos una mirada. No sé de dónde sale esta nueva Katherine, ¡pero no se va a dejar tratar como una tonta! Conociendo a mi hermano, seguro que intenta reconquistarla y demostrarle que ha cambiado, ¡solo porque ahora parece inalcanzable!
Éloi se unió a nosotros y bajamos al salón para ver la segunda peli que había alquilado Édith. Noté que Félix no paraba de mirar a Katherine y que esta pestañeaba fingiendo no darse cuenta de nada. Thomas 2 estaba sentado al lado de Édith y le masajeaba los hombros (qué suerte). Éloi se sentó en el suelo y yo me senté entre sus piernas para que me diera calor.
Todo iba bien hasta que llegó mi padre del trabajo cuando la película aún no había terminado. Me di cuenta de que no parecía gustarle mucho que estuviera tan pegada a Éloi. Creo que hay un límite, ¿no? ¡Cuando salía con Thomas no se lo tomaba tan a la tremenda!
Después de la peli llegó mi madre y los amigos de mi hermano se fueron al mismo tiempo que Jeanne y Katherine (Félix pareció decepcionado). Fue entonces cuando perdí los nervios.

Mi madre: Voy a hacer lasaña para cenar. Éloi, ¿te quieres quedar?
Yo: Eh... no. Como es San Valentín y es viernes Éloi y yo teníamos pensado ir a cenar a un restaurante. Seguramente al tailandés que está aquí al lado.
Mi padre: No vais a salir con este tiempo, es demasiado peligroso.
Yo: Pero papá, ¡la tormenta ya casi ha terminado!
Mi madre: Es verdad.
Mi hermano: Yo quiero lasaña.
Mi padre: Pero las carreteras tienen mucha nieve como para conducir. Y tampoco vais a poder ir andando. Prefiero que os quedéis en casa.
Yo: Eh... ¿y quieres que Éloi cene con nosotros?
Mi padre: Sí.
Yo: ¿El día de San Valentín?
Mi padre: Sí.

Miré a mi madre, que me hizo una señal para que lo dejara estar. Estaba muy decepcionada y enfadada con mi padre, ¿desde cuándo me trataba como a una cría? Voy a cumplir quince años en dos meses menos un día, así que podría darme un poco más de libertad, ¿no?
Me disculpé con Éloi, que me dijo que no me alarmara, que entendía que mi padre se preocupara por mí. Se quedó a cenar con nosotros, pero fue (muy) desagradable porque mi padre no dejó de hacerle preguntas sobre su vida y sus planes de futuro (¿¡quién tiene planes de futuro con quince años!?) y Félix no paró de preguntarme sobre Katherine. ¡Fue el San Valentín menos romántico del mundo!
Mientras hablábamos, Éloi me dio una tarjeta que tenía guardada en el abrigo. Era muy sencilla: un pajarito con

una flor en la que ponía «Te quiero», ¡pero me encantó! Después se sacó una cajita del bolsillo. De haber sabido que me iba a hacer un regalo, ¡yo también le habría comprado algo! Abrí la caja y me encontré una bonita cadena de plata con un colgante con la forma de la letra L.

Yo: ¡Éloi, qué bonito! No deberías haberme regalado nada, me siento fatal, yo no te he comprado nada.
Éloi (colocando la cadena en mi cuello): ¡No pasa nada! La compré porque en cuanto la vi pensé en ti.
Yo: Gracias, Éloi. Yo también te quiero. Y gracias por haber aguantado el tipo en el interrogatorio de mi padre. No sé qué le pasa.
Éloi: Está bien, va a necesitar algo más que eso para darme miedo.

Nos besamos y se marchó. Subí a mi habitación porque no tenía ganas de hablar con mis padres después de la cena infernal que me habían hecho pasar.
Como mi madre tiene el don de leerme la mente, llamó a la puerta un poco más tarde.

Yo: ¿Qué pasa? Prefiero estar sola.
Mi madre: Vengo a disculparme por tu padre... Ya sé que ha sido un poco duro con Éloi. He hablado con él y creo que solo quiere protegerte. De todas formas, quiero que sepas que no actúa así para hacerte la vida imposible.
Yo: ¡Ya, claro! ¡Me ha humillado delante de mi novio!
Mi madre: No, estoy segura de que Éloi entiende que tu padre se preocupe por ti.
Yo: ¿Que se preocupe de qué? Por fin soy feliz aquí, ¿no es lo que quería?

Mi madre: Sí, pero también tienes un novio formal y no quiere que te pase nada. Ya hemos visto lo que sufriste con Thomas.
Yo: Vale... Eso puedo entenderlo, pero ¿por qué intenta impedir que me quede sola con Éloi?
Mi madre: Creo que no quiere que te saltes etapas, que hagas cosas para las que no estás preparada. Ya sé que te resulta más fácil hablar de estas cosas conmigo y yo confío en ti, pero tienes que entender que, a veces, tu padre te sigue viendo como una niña pequeña y no sabe cómo actuar contigo... o, más bien, con la mujer en la que te estás convirtiendo.
Yo: Pues puedes decirle que deje de preocuparse. No tengo pensado hacer bebés con quince años, mamá.
Mi madre: Catorce años...
Yo: ¡Casi quince! Dile que deje de preocuparse por mí, ¿de acuerdo? ¡Sé lo que hago! Y si pasa algo, prometo hablar contigo, ¿vale?
Mi madre: De acuerdo. Gracias, Léa. Me encanta la cadena, creo que Éloi te quiere mucho.

Me guiñó un ojo y se marchó. Entiendo que mi padre se preocupe por mí pero sigo sintiéndome más cómoda hablando con mi madre. ¡Creo que es genético!
Bueno, ¡ya está bien! Voy a trabajar: tengo que redactar el horóscopo y practicar la exposición oral. El lunes tengo clase de inglés y seguro que el profesor quiere que hagamos las exposiciones del viernes.
¡Cuando termine el horóscopo te lo envío!
Un beso grande,
Léa

Para: Léa_megusta@mail.com
De: Marilou33@mail.com
Enviado: domingo, 16 de febrero 11:18
Asunto: ¡¡¡Me gusta Éloi!!!

Ya sé que lo sabías, pero después de ver la foto del colgante que te ha regalado Éloi, ¡me gusta todavía más! Cuidado: ¡tienes competencia! xD
Es lo que nos faltaba: ¡¡enamorarnos del mismo chico!! Menos mal que la distancia nos lo impide (a menos que me enamore de Thomas, pero te aseguro que eso nunca va a suceder).
Mientras espero tu horóscopo tengo algo que contarte. Esta mañana me ha llamado Laurie para contarme que vio ayer por la noche a Thomas y a Sarah en el cine. Su novio y ella iban a ver una peli y se los encontraron. Cuando Laurie fue al baño, Sarah la siguió para sonsacarle información acerca de tu visita. ¡¡Está loca!! ¡Laurie me ha dicho que parecía de los nervios! Te hago un breve resumen de lo que me ha contado.

Sarah: Tú eres amiga de Léa Olivier, ¿no?
Laurie: Sí, ¿por qué?
Sarah: ¿Es verdad que viene en la semana de vacaciones para intentar robarme a mi novio?
Laurie: Eh, no. ¿Quién te lo ha dicho?
Sarah: Marilou se lo ha dicho a JP, que se lo ha dicho a Seb, que se lo ha dicho a Steph, que se lo ha dicho a Alyson, que se lo ha dicho a Roxanne, que se lo ha dicho a Kassandra, que me lo ha dicho a mí.
Laurie: Me parece que te ha llegado un mensaje erróneo, Sarah. Hay algo que sí te puedo decir: Léa tiene novio en

Montreal, parece que es superguapo, como un jugador de fútbol, muy musculoso y tope popular (exageró un poco). Vaya, que no quiere nada con tu Thomas. Si viene es para ver a sus amigas, eso es todo.
Sarah: De todos modos, si piensa que va a robarme a mi novio puedes decirle que no tiene nada que hacer.

¡Estoy flipando! ¡Está chiflada! Que se haya tintado de rubia, que tenga un nuevo *look* de rockera y que crea en los ángeles es una cosa, pero que haga caso de las habladurías y que te amenace en la distancia ya es demasiado. ¡Espero que te hayas divertido con la historia! Y no te preocupes por tu visita, ¡Marie-LOBA está aquí para protegerte!
¡Espero tu texto con impaciencia!
Besos,
Lou

Para: Marilou33@mail.com
De: Léa_megusta@mail.com
Enviado: domingo, 16 de febrero 15:34
Asunto: ¡Horóscopo!

¡Hola!
¡Gracias por la historia! Admito que cualquier cosa que tenga que ver con Sarah Beaupré me pone la piel de gallina. ¡Estoy empezando a temer que venga a Montreal a echarme un mal de ojo! No me puedo creer que la gente siga cotilleando sobre mí ahora que ya no estoy allí. Por suerte, mi guardaespaldas (tú) y mi novio musculoso y peligroso (Éloi xD) están aquí para protegerme. No en-

tiendo por qué se siente tan amenazada por mí. Además, ya ni siquiera hablo con Thomas (¡esta vez sí que es verdad!).
Te transcribo algunos extractos del horóscopo. Ya me dirás lo que te parecen, ¡creo que las indirectas son suficientemente evidentes como para que las memas me dejen tranquila!

Libra (signo del zodiaco de Sophie)
En el amor necesitas atención y no llevas bien que te rechacen. No te importa utilizar tus encantos para conseguir tus fines y echarle el guante al chico que te interesa, aunque tenga pareja o sea el ex de una buena amiga.
En la amistad las apariencias son muy importantes para ti y te las arreglas para no causar problemas. Pero, entre tú y yo, ya sabemos que eres capaz de traicionar a una amiga para obtener lo que deseas, ¡eres una chica muy decidida!

Leo (signo del zodiaco de Maude)
Una cosa está clara: tienes mucho carácter y no te importa decir lo que piensas. A veces (a menudo) llevas tu determinación y tu liderazgo al extremo para hacer valer tu opinión y asegurarte de que la gente está de acuerdo contigo. Podríamos referirnos a ti como «la pequeña tirana». Como te gusta ser el centro de atención, no te gusta tener competencia y, para ti, ¡todo está permitido con tal de obtener lo que quieres! Eres una amiga leal, pero ten cuidado, ya que no siempre es recíproco. Algunas personas podrían abusar de tu confianza y jugártela. Este mes mantente alerta con las pelirrojas, ¡pueden causarte problemas!

Géminis **(signo del zodiaco de José)**
Eres el rey de la ambivalencia ¡y te encanta probar hasta dar con la chica que más te gusta! A veces estás con diferentes chicas al mismo tiempo, ¡ya que no eres capaz de decidirte ni de concentrar tus energías en una sola!
Eres un adulador y sabes cómo arreglártelas para seducir a tus víctimas. Tienes facilidad a la hora de hacer amigos y nunca te preocupas por decir lo que se te pasa por la cabeza. ¡Ten cuidado! Tu interés por estar con varias personas puede jugar en tu contra. Este mes, ¡mantente alerta con los triángulos amorosos!

Escorpio **(signo del zodiaco de Sarah Beaupré)**
Eres una persona con carácter que no conoce las medias tintas. Participas en todas las batallas y cuentas con ganarlas todas, sea cual sea el método utilizado. No te importa dártelas de importante ni desagradar a los que te rodean, ya que sueles pensar en tu bienestar antes que en el de los demás.
A veces pareces una mantis religiosa, ya que no dudas a la hora de echarles las garras a tus víctimas. Eres más bien solitaria y la opinión de los demás te da igual. Te gusta vivir emociones fuertes y te dejas llevar por los celos. Embrujas a la gente para obtener lo que quieres, cueste lo que cueste. Este mes, ten mucho cuidado, ya que tu actitud provocadora puede volverse en tu contra.

¡Espero que te hayas partido de risa con estos extractos!
¡Estoy deseando saber qué piensa Éric!
Besos,
Lea

Domingo, 16 de febrero

18:01

Éric (en línea): ¿Léa?

18:02

Léa (en línea): ¡Hola! ¿Qué tal? ¿Has recibido mi horóscopo?

18:03

Éric (en línea): ¡Sí! ¡No te has andado con chiquitas con algunos signos!

18:03

Léa (en línea): ¿A qué te refieres?

18:04

Éric (en línea): ¡Léa! ¡No me tomes por tonto! Hay tres o cuatro signos que están dirigidos directamente a ciertas personas. ¡Si hasta utilizas el femenino o el masculino para que esas personas se den por aludidas!

18:05

Léa (en línea): Es cierto que no me he cortado con las predicciones, ¡pero pensaba que me habías dado carta blanca!

18:05

Éric (en línea): Sí... ¡porque no esperaba que montaras un escándalo con el horóscopo!

18:06

Léa (en línea): ¿Entonces qué?, ¿vas a censurarme? Admítelo, es divertido, ¡le da un poco de juego al asunto!

18:06

Éric (en línea): Esperaba un poco más de discreción por tu parte, pero los artículos tienen que ir a imprenta mañana por la mañana, así que no hay tiempo para cambiar nada...

18:07

Léa (en línea): Qué lástima.

18:07

Éric (en línea): Estás sonriendo ahora mismo, ¿a qué sí?

18:08

Léa (en línea): Puede. ☺

18:08

Éric (en línea): Solo quiero que añadas UNA frase positiva para Escorpio. Si no, puede que nuestra amistad acabe.

18:10

Léa (en línea): ¿«Nada te da miedo y sabes cómo utilizar tus encantos para cautivar a los demás...»?

18:11

Éric (en línea): Bueno, mejor que nada... Hasta mañana.

Para: Marilou33@mail.com
De: Léa_megusta@mail.com
Enviado: martes, 18 de febrero 16:40
Asunto: Muerta de vergüenza

¡Hola!
Siento no haberte llamado ayer por la tarde, estaba tan avergonzada por lo que pasó en clase de inglés que no quería hablar con nadie.
Como ya sabes, tenía que hacer la exposición oral que no pude hacer por la tormenta. Como me pasé el fin de semana repitiéndola en la cabeza, me sentía menos estresada y estaba empezando a creerme que saldría bien...
Por suerte para mí, el profe no me hizo hacerla la primera, pero cuantos más alumnos presentaban sus trabajos, más nula me sentía comparada con ellos. Cuando me nombró, me puse delante de la clase y fijé la mirada en la pizarra.

El profe: *Whenever you're ready, Léa.*
Yo: *What?*
El profe: *You can start when you are ready.*
Yo: *Hum, yes sure* (lo único que había entendido era «blablabla, brócoli»).

Pasaron unos tres minutos de silencio y me di cuenta de que estaba esperando a que comenzara. Me puse roja y me quedé en blanco.

Maude: *Look! Léa is a tomato!*
La clase: (risas).
Yo: (muerta de vergüenza).

Carraspeé y empecé la exposición con las fichas de cartón firmemente sostenidas. Me temblaban tanto las manos que me costaba leer el texto.

Maude: *Look! Léa is a shaking leaf!*
La clase: (risa histérica).
Yo: (ganas de ponerme a llorar y de esconderme en el baño).

Apenas conseguía pronunciar las frases y oía a las memas reír en el fondo de la clase cada vez que me atascaba en una palabra (bastante a menudo).
Cuando terminé la exposición el profesor me sonrió (te juro que vi pena en su mirada).

El profe: *Good job, Léa. I know that this is not easy for you, but you did your best and I can see a very good improvement.*
Yo (con los ojos como platos sin entender absolutamente nada de lo que me acababa de decir): *What?*
Maude: Dice que aunque seas nula y nadie haya entendido una palabra, ¡es mejor que nada!
Sophie: ¡Pues yo creo que «nada» habría sido mejor!
La clase: (risas mostrando su acuerdo y pena en los ojos).
El profe: *That's enough!* ¡Ya basta! Sophie, sal *del* clase. No soporto que se intimide a la gente y se hagan comentarios malvados.

Sophie me lanzó una mirada asesina y se marchó. Maude siguió riéndose por lo bajo unos minutos más hasta que el alumno siguiente tomó mi lugar. La buena noticia es que después de clase el profe me entregó la hoja de eva-

luación ¡y me había puesto un 8 por el esfuerzo y mi valor! Me escribió (en un francés poco claro) la frase que me había dicho en inglés y que no había entendido (que sabe que no es fácil para mí, pero que está orgulloso de mi progreso).
Jeanne me dijo que no había ido tan mal, pero no consiguió animarme. Cuando Éloi y ella insistieron en ir a tomarnos un chocolate caliente dije que no y me fui a casa. He vuelto a las buenas costumbres: ¡buñuelos con miel y *Gossip Girl* en bucle!
Después de cómo me han tratado Sophie y Maude en la clase de inglés no siento ningún remordimiento por el horóscopo. Más bien estoy deseando que llegue el jueves para que salga publicado y que vean de qué madera estoy hecha. Hasta entonces, ¡me batiré en retirada e intentaré que los demás no se fijen en mí!
Y tú, ¿qué tal todo?, ¿qué piensas hacer el viernes por tu cumpleaños?, ¿vas a organizar una fiesta o prefieres pasar la noche a solas con JP?
Tengo que irme, mi hermano no para de decirme que vaya a jugar con él a la Play Station (creo que es su forma de sonsacarme información sobre Katherine. ¡Qué fuerte! ¡Si no quería perderla que no hubiera roto con ella!).
¡Escríbeme pronto!
Besos,
Léa

P.D.: Me he dado cuenta de que las memas evitan a José desde hace unos días. Creo que Maude sigue enfadada con él por haber roto con ella y Sophie evita cruzarse con él porque tiene remordimientos (al menos eso espero). De todas formas, ¡que esperen y ya verán!

Para: Léa_megusta@mail.com
De: Marilou33@mail.com
Enviado: jueves, 20 de febrero 22:04
Asunto: ¡¡Ya casi es mi cumpleaños!!

¡Hola!
¿Qué tal el horóscopo? Ha salido hoy, ¿no? ¿Ha tenido el efecto esperado? Tienes que contármelo TODO. Espero de verdad que las memas aprendan la lección, ¡me fastidia que te humillen públicamente! ¡Ya es hora de que la verdad salga a la luz y te dejen tranquila!
Aquí no hay mucho nuevo que contar, aparte de que Sarah Beaupré sigue pegada a los talones de Thomas. No sé cómo lo deja respirar. Supongo que, como sabe que vienes, quiere asegurarse de que no se le escape. Hoy ha puesto de estado en el Facebook: «Hay que desconfiar de los adversarios y proteger a los que queremos.» Eh... me pregunto a quién se referirá. ;)
Para mi cumpleaños habrá tres celebraciones: la primera, mañana por la noche con JP (me ha preparado una sorpresa); la segunda, el sábado por la noche con mis padres, mi hermano y dos de mis tíos; y la tercera... redoble de tambores... ¡el sábado que viene, 1 de marzo! ¡Sí! Quería esperar a mi mejor amiga para celebrarlo a lo grande. Estamos organizando una fiesta en la casa de la madre de JP (el sótano es supergrande, así que tendremos espacio para bailar). No te preocupes, le he repetido 1.000 veces a JP que no invite a Thomas. Vamos a celebrar mi cumpleaños y tu llegada con Steph, Laurie y otra gente del instituto que hace mucho que no ves, ¿qué te parece?
Bueno, voy a acostarme. He estado dos horas nadando y estoy muerta de cansancio (y, además, ¡cuanto antes me

duerma, antes llega mi cumpleaños! xD). Te quiero ¡¡¡y estoy deseando que llegues!!!
Besos,
Lou

Para: Marilou33@mail.com
De: Léa_megusta@mail.com
Enviado: viernes, 21 de febrero 00:02
Asunto: ¡FELICIDADES!

¡FELICIDADES! ¡FELICIDADES!
He conseguido aguantar el sueño y he esperado a que sea medianoche para enviarte este correo. Ya es oficialmente tu cumpleaños, ¡y eres oficialmente más vieja que yo! ;) Espero que pases un buen día, mi Lou. Estoy supercontenta por poder celebrarlo contigo el sábado que viene. ♥ La idea de la fiesta en casa de JP es genial (¡espero que Thomas y su novia rubia platino no aparezcan por sorpresa!). Me parece que el viaje en autobús se me va a hacer larguísimo.

El periódico salió hoy a mediodía y creo que mi plan ha funcionado.
Después de clase, fui a buscar el abrigo a mi taquilla, se me acercó Éloi y me plantó un besazo en la mejilla.

Éloi: ¡Eres genial, Léa! Acabo de leer el horóscopo y te has superado. Ha sido una idea ingeniosa porque has encontrado una manera distinta de defenderte. Acabo de cruzarme con Maude, ¡está que se sube por las paredes! Creo que te está buscando para que le cuentes más.

Nos interrumpió Sophie, que tenía la cara pálida.

Sophie: ¿Léa? ¿Puedes decirme en qué te has inspirado para escribir el horóscopo?
Yo (con actitud inocente y calmada): Bueno, ya sabes, me baso un poco en la gente que me rodea, pero creo que tengo un don para este tipo de cosas. ¿Por qué?
Sophie (nerviosa): ¿Por qué sugieres que le robaría el novio o el ex a mi amiga? ¿Qué sabes?
Yo: ¿A qué te refieres? ¿Es que hay algo que tenga que saber? ¿Sientes que estás traicionando a tu amiga?
Sophie (cerrando los puños y rechinando los dientes): ¡Léa Olivier! ¡Dime la verdad!
Yo: ¡No sé a qué te refieres, Sophie! No te olvides de que soy nueva en el instituto y, además, nula en inglés, y copio textos de otros en lugar de escribir los míos propios en el periódico. Pregúntale a Maude, ¡a lo mejor ella sabe a qué te refieres!
Sophie: ¡L-É-A!

En ese momento llegó Maude agitando el periódico delante de ella. ¡Se le iban a salir los ojos de las órbitas!

Maude: ¿Léa? ¿Se puede saber por qué has escrito este horóscopo? Todo el mundo me está preguntando ¡y hasta he oído a alguien llamarme «pequeña tirana»!
Yo: ¡He hecho el trabajo que se me ha pedido y he escrito inspirándome en mis dotes adivinatorias! ¡Ni se te ocurra pensar que he plagiado! ¿Por qué? ¿Es que te sientes identificada con tu horóscopo? Eso quiere decir que de verdad tengo dones de clarividencia...
Maude (volviéndose hacia Sophie y alzando el tono de voz): ¿Y tú? ¡Llevo un rato buscándote por todos lados! ¿Por qué pone que tengo que desconfiar de las pelirrojas? ¿Y por qué tu horóscopo dice que traicionas a tus amigas? ¿QUÉ HA PASADO?
Yo: Bueno, os dejo que arregléis vuestros problemas. Maude, te invito a que leas los otros signos. ¿Quién sabe? ¡A lo mejor te ayuda a comprender la alineación de los astros!

Las dejé discutiendo y Éloi me pasó el brazo por los hombros. Puede que haya durado poco, ¡pero al menos creo que he ganado esta batalla! El problema es que siento lejana la tregua...
Besos,
Léa

8

Antigua hostilidad

Para: Léa_megusta@mail.com
De: Marilou33@mail.com
Enviado: sábado, 22 de febrero 23:01
Asunto: ¡El mejor regalo del mundo!

¡¡¡Estoy flipando!!! ¿Sabes qué me han regalado mis padres por mi cumpleaños? ¡¡UN TELÉFONO MÓVIL!! ¡¡¡Y ya sabes las ganas que tenía de tener uno!!! Como JP tiene uno, voy a contratar un servicio con mensajes de texto ilimitados (mis padres no quieren que hable demasiados minutos) y me las arreglaré para contratar una tarifa para que podamos enviarnos SMS cuando tengas tú uno (ya sé que crees que tus padres no te regalarán uno por tu cumpleaños, ¿pero quién sabe?).
Anoche fue genial. Fui a la casa del padre de JP, que nos dejó encargar comida china (¡ñam!). Había puesto velas en la mesa y cenamos los dos solos. Después de comer me regaló el bolso que había visto en el escaparate de la tienda Chez Garage y que tanto me gustaba. ¡Me puse contentísima! Estuve en su casa hasta las 22:30, que vino mi madre a buscarme.
Hoy he pasado el día preparando tostas de salmón para esta noche. Ha sido muy guay, ni mi hermano ha conseguido sacarme de los nervios (me ha regalado una tarjeta de regalo para iTunes, pagada por mis padres, por supuesto). En fin, ha sido un cumpleaños genial y estoy contentísima porque aún no ha terminado ¡ya que podré celebrarlo contigo en una semana!
Un beso grande,
Lou

Domingo, 23 de febrero

10:02

Félix (en línea): ¿Te apetece ir a Mont-Royal a tirarnos en trineo? No hace mucho frío fuera.

10:03

Léa (en línea): Eh... vale.

10:03

Félix (en línea): ¡Jolín! ¡Cuánto entusiasmo!

10:04

Léa (en línea): No, no, va a estar guay. Es solo que acabo de leer un correo de Marilou. Le han regalado un móvil por su cumpleaños.

10:05

Félix (en línea): ¿Y? ¿Estás en contra del uso de los móviles?

10:05

Léa (en línea): No, pero ya sabes que estoy deseando tener uno. No sé por qué nuestros padres no quieren que lo tenga. Si tuviera un móvil podría enviarle mensajes a Marilou a cualquier hora, y hasta enviarle fotos en directo.

10:06

Félix (en línea): No te desanimes, yo no tuve uno hasta que terminé cuarto de secundaria. Papá y mamá se están reblandeciendo, así que seguro que a ti te lo compran antes (aunque es injusto).

10:07

Léa (en línea): ¡No es lo mismo! Yo me he tenido que mudar a la gran ciudad sin que me hayan preguntado mi opinión. Un móvil es necesario para mi supervivencia.

10:07

Félix (en línea): ¡Qué cosas dices! Bueno, ¿a quién invitamos a lo de los trineos?

10:08

Léa (en línea): No lo sé. Éloi no puede venir porque va a pasar el día en familia y tampoco tengo un millón de amigos. Puedo invitar a Annie-Claude, hace mucho que no quedo con ella.

10:09

Félix (en línea): Eh... ¿y por qué no invitas a Katherine mejor?

10:10

Léa (en línea): Félix, ¿qué pretendes? Hace apenas un mes que rompiste con ella porque te parecía joven y ya no funcionaba, ¿y ahora de repente vuelves a enamorarte de ella? ¡No puedes jugar así con los sentimientos de una persona! De todos modos, hasta donde yo sé, vuestra historia es pasado y no quiere volver atrás.

10:12

Félix (en línea): Estaba hecho un lío cuando rompí. Pasaba mucho tiempo con mis amigos y me parecía que no se relacionaba mucho con los demás... Después me besó una chica en la fiesta y me pareció que lo correcto era no contarle la verdad a Katherine. Pensaba que ya no la quería, pero me arrepiento de lo que hice y la echo de menos.

10:13

Léa (en línea): ¡Buena suerte si la quieres convencer de ello!

10:14

Félix (en línea): ¡Por eso necesito tu ayuda! Como sois amigas puedo verla gracias a ti, ¡e intentar convencerla de que volvamos!

10:15

Léa (en línea): ¿Así que por eso quieres ir a montar en trineo?

10:15

Félix (en línea): No... Solo digo que podríamos matar dos pájaros de un tiro. ☺ Mira, ¡está conectada! Invítala a la conversación.

Katherine se ha unido a la conversación.

10:17

Katherine (en línea): ¡Hola, Léa! ¿Qué te cuentas?

10:18

Léa (en línea): No gran cosa... ¿y tú?

10:19

Katherine (en línea): ¡¡Tu horóscopo ha dado que hablar!! xD Maude se ha dado cuenta de que José y Sophie le estaban ocultando algo, ¡y anoche discutió con Sophie!

10:20

Léa (en línea): ¿Ah, sí? ¿Y qué pasó?

10:21

Katherine (en línea): Sophie tuvo que confesarle que había besado a José en una fiesta, pero le dijo que como ya no estaban juntos, ¡no se consideraba una traición!

10:22

Léa (en línea): ¿Y qué le respondió Maude?

10:23

Katherine (en línea): Que después de lo que había pasado entre José y yo el año pasado, no podía creerse que pudiera hacerle algo así. La llamó hipócrita y traidora, entre otras cosas. La cosa acabó en lágrimas, pero al contrario de lo que pasó conmigo y con Maude, no se ha solucionado. ¿Cómo te enteraste de que Sophie besó a José?

10:23

Léa (en línea): Los vi en la fiesta, y como ellas no dejan de humillarme, pensé en hacer lo mismo. Me siento mal porque no quería implicarte en esto.

10:24

Katherine (en línea): ¡No te preocupes por mí! ¡Yo no tengo nada que ver con su discusión! Y, conociéndolas, seguro que en unos días se arregla la cosa. Creo que más bien va a ser José el que va a pagar el plato roto...

10:24

Léa (en línea): ¡Se lo merece!

10:25

Katherine (en línea): ¡Sí! Eso prueba lo imbécil que es...

10:26

Félix (en línea): Ejem, ejem.

10:26

Katherine (en línea): ¿Estás ahí?

10:27

Léa (en línea): Ah, sí, es verdad, me había olvidado de él. Queríamos preguntarte si te apetece venir a montar en trineo con nosotros al parque Mont-Royal.

10:28

Katherine (en línea): Estaría bien... pero ya tengo planes con... con un amigo.

10:28

Félix (en línea): ¿Qué amigo?

10:28

Katherine (en línea): No lo conoces.

10:28

Félix (en línea): Pensaba que conocía a todos tus amigos.

10:29

Katherine (en línea): Es uno nuevo.

10:29

Léa (en línea): Bueno, ¿quieres invitar a tu nuevo amigo?

10:29

Félix (en línea): Bueno, Léa, ¡tampoco hay que presionarla! A lo mejor a su «amigo» no le gusta la nieve.

10:30

Katherine (en línea): ¡Todo lo contrario! ¡Es campeón de esquí! ¡Qué buena idea! No sabíamos qué hacer hoy, ¡podemos irnos con vosotros! ¿Nos vemos a las 13:00 en la estatua que hay al pie de Mont-Royal?

10:31

Léa (en línea): ¡Vale!

10:31

Katherine (en línea): Genial, ¡hasta luego! Bss.

Katherine ha abandonado la conversación.

10:32

Félix (en línea): ¡Qué bien, Léa! ¡Ahora tengo que pasar el día con Katherine y su nuevo novio, el campeón de esquí!

10:33

Léa (en línea): ¡Eh, no! ¡Solo es «un amigo»! Además, ¡así aprenderás a implicarte más en tus relaciones! Voy a ducharme, ¡nos vemos abajo!

Para: Marilou33@mail.com
De: Léa_megusta@mail.com
Enviado: domingo, 23 de febrero 19:07
Asunto: Félix el conquistador

¡Hola a la chica más suertuda del mundo!
Me alegro mucho por tu móvil, ¡pero también estoy celosísima! ¡OJALÁ tuviera yo otro para poder escribirte a todas horas! Imagina, podría enviarte fotos de las memas en vivo y en directo, y de Félix, ¡que fue el primero en caerse en la nieve en un intento de impresionar a Katherine!
Sí, ¡has leído bien! Hoy hemos ido a tirarnos en trineo a Mont-Royal, y Félix me pidió que invitara a Katherine (definitivamente no sabe lo que quiere). El problema es que Katherine decidió venir con su «nuevo amigo», Simon, que es monísimo ¡y campeón de esquí! Como solo estábamos los cuatro, hicimos carreras de dos en dos, pero como Katherine siempre quería estar con Simon, Félix se puso celoso, así que le propuso al amigo de Katherine hacer una carrera entre ellos dos. La cosa no acabó bien, pues mi hermano intentó adelantar a Simon en la pendiente y acabó arremetiendo contra un banco de nieve. Al menos atrajo la atención de Katherine, que salió corriendo hacia él y lo tomó en sus brazos para asegurarse de que estaba bien. No obstante, al final del día Katherine se marchó del brazo de Simon y mi hermano volvió a casa con las manos vacías. Parecía muy triste, ¡creo que nunca lo había visto así! Estoy empezando a creer que se arrepiente de verdad de haber dejado escapar a Katherine y que no es simplemente una cuestión de ego. A la vuelta, me pidió que averigüe si va en serio con Simon. No se

han besado en todo el día, así que no creo que sea su novio, ¡pero es bastante guapo y divertido como para herir el orgullo de mi hermano!
No tengo ningunas ganas de ir al instituto mañana. Espero que las cosas se hayan calmado con las memas y estoy harta de deberes, exámenes y clases de inglés. :(Por suerte solo quedan cinco días para las vacaciones ¡y para que nos veamos! ¡¡Estoy deseando darte tu regalo!!
Bueno, ¡tengo que bajar a la cocina! Mis padres han preparado *raclette* para cenar y están esperándome.
¡Besos!
Léa

Para: Katherineminina@mail.com
De: Léa_megusta@mail.com
Enviado: domingo, 23 de febrero 21:15
Asunto: Curiosidad

¡Hola!
Espero que te lo hayas pasado bien con nosotros hoy y que no te haya resultado muy raro estar con mi hermano. Él quiere pasar tiempo contigo, pero no debería involucrarte en nuestros planes si prefieres no verlo... y menos si tienes un novio nuevo.
Por cierto, por curiosidad, ¿vas en serio con Simon? Parece muy simpático ;)
Hasta mañana, ¡espero que podamos hablar sin que Maude se meta por medio!
Besos,
Léa

Para: Léa_megusta@mail.com
De: Katherineminina@mail.com
Enviado: domingo, 23 de febrero 21:45
Asunto: Re: Curiosidad

¡Hola!
Sí, me lo he pasado muy bien hoy... y, si te soy sincera, me ha gustado ver a Félix pasarlo tan mal intentando impresionarme xD.
Ya sé que quiere pasar tiempo conmigo (no fue muy discreto), pero no puedo perdonarle en un abrir y cerrar de ojos, así que le pedí a mi primo Simon, que es guapísimo, que se hiciera pasar por mi «amigo» para ponerle celoso (y creo que ha funcionado) pero, ¡SHHH!, no le digas nada. Ya sabes que sigo queriéndole, pero me hizo tanto daño que no sé si seré capaz de perdonarle. Mientras tanto le haré sufrir un poco. Es nuestro secreto, ¿vale?
Bss ♥
Katherine

Para: Léa_megusta@mail.com
De: Marilou33@mail.com
Enviado: lunes, 24 de febrero 12:21
Asunto: ¡Thomas me saca de los nervios!

¡Hola!
Te escribo rápido desde el aula de informática para contarte mi altercado con Thomas de esta mañana en las taquillas.

Thomas: Hola, Marilou, solo quería felicitarte por tu cumpleaños.

Yo: Gracias. ¿Cómo sabes lo de mi cumpleaños?
Thomas: Me lo ha dicho JP.
Yo: Ah, ¿eso es todo?
Thomas: No, también me ha dicho otra cosa.
Yo: ¿Qué?
Thomas: Le he invitado a subirnos en moto de nieve el sábado que viene pero me ha dicho que no puede porque está organizando una fiesta en su casa.
Yo: Sí, ¿y?
Thomas: Y que no estoy invitado porque tú no quieres.
Yo: Sí, y no voy a cambiar de idea, Thomas. Es una fiesta por mi cumpleaños, quiero celebrarlo con mis amigos y tú no eres uno de ellos.
Thomas: Con tus amigos ¿y con Léa?
Yo: Sí, y Léa tampoco quiere verte. ¡No entiendo por qué te empeñas! ¿No crees que ya le has hecho suficiente daño? Además, tienes novia y me sorprendería que quisiera que fueras a una fiesta con tu ex.
Thomas: ¡Lo que pasó entre Léa y yo no es asunto tuyo! Y entiendo tu decisión con respecto a lo del sábado, pero la fiesta es en la casa de mi mejor amigo y me parece muy feo que me impidas ir.
Yo (cada vez más enfadada): ¿Por qué? ¿Porque quieres seguir jugando con ella? ¿Quieres decirle: «Te echo de menos, pero no puedo ofrecerte nada»? ¿Quieres echar a perder los esfuerzos que lleva haciendo siete meses para ser feliz en Montreal y durante cuatro meses para olvidarte? Tengo una noticia para ti, Thomas: ¡eso no va a pasar! No voy a dejar que sigas haciéndole daño. ¿Está claro?

Me miró con los ojos como platos, como intentando darme a entender que acababa de romperle el corazón, pero

me di la vuelta antes de que pudiera añadir nada más.
¡GRRRR! ¡Me saca de los nervios! Y también estoy enfadada con JP, le había hecho prometerme que no iba a invitar a Thomas, ¿por qué le ha tenido que decir que estaba organizando una fiesta? ¿No puede olvidarse por un momento de su amigo tontorrón?
¡Me ha venido bien escribirte para desahogarme!
Hasta luego.
Besos,
Lou

Para: Marilou33@mail.com
De: Léa_megusta@mail.com
Enviado: lunes, 24 de febrero 21:07
Asunto: Confusión

Hola, Lou:
Siento no haberte escrito antes, he pasado la tarde con Éloi, pero las cosas han acabado mal. :(Y por culpa de Thomas.
Después de clase Éloi me propuso ir a una cafetería a hacer los deberes. Acepté porque tenía muchas ganas de pasar el máximo tiempo posible con él antes de irme el sábado. Estaba concentrada en una cuenta de matemáticas cuando me di cuenta de que me miraba de un modo extraño.

Yo: ¿Qué pasa? ¿Tengo algo en la nariz?
Éloi: No... solo estaba pensando en la semana que viene.
Yo: ¿La semana de vacaciones? Va a estar bien, ¿no? Vuelvo el martes por la tarde, así que seguramente podamos

vernos. El miércoles mis padres trabajan, así que puedes venir a mi casa...
Éloi: Puede, a ver si tienes ganas de verme.
Yo (frunciendo el ceño): ¿Por qué dices eso? ¡Claro que voy a querer verte!
Éloi: Eso es lo que dices ahora pero no sabes cómo vas a sentirte cuando vuelvas.
Yo: Eh... sentiré que te echo de menos después de cinco días sin verte.
Éloi: Ya... o a lo mejor ya no porque acabas de volver a ver a tu ex y eso te deja hecha un lío.
Yo: ¿Estás así por Thomas? A ver, Éloi, hace cuatro meses que se acabó lo nuestro y ahora estoy contigo. ¿Eso no cuenta?
Éloi: Sí, pero no quiere decir que lo hayas olvidado por completo.
Yo: Pues sí, eso quiere decir que lo he olvidado. De todas formas, no tengo pensado verlo y ya se lo he dejado bien claro (ups).
Éloi: ¿Qué? ¿Habéis vuelto a hablar?
Yo (farfullando e intentando escapar de la situación sin contarle que en enero nos estuvimos escribiendo): No... ya no hablamos, pero en el último correo que le escribí le dije claramente que me dejara tranquila y entendió el mensaje.
Éloi: ¿Y eso cuándo fue?
Yo: No... No lo sé. Ya no me acuerdo, ¡pero eso da igual! ¡Lo que tienes que saber es que le dejé bien claro que no quería saber nada más de él! Además, acabo de leer un correo de Marilou y me cuenta que le ha prohibido acercarse a mí. Puedes confiar en ella también.
Éloi: Así que me estás diciendo que has tenido que ser-

monear a tu ex para que te deje tranquila y que tu mejor amiga está trabajando a destajo para impedir que os veáis mientras estés allí.
Yo (confusa): Sí... pero...
Éloi (dejándose llevar por el enfado): Lo que quiere decir que lo que hay entre vosotros dos es tan fuerte que no podríais resistiros si no fuera por Marilou. ¡Eso me deja más tranquilo, Léa!
Yo: ¡No me refería a eso, Éloi! Solo quiero que sepas que Marilou odia a Thomas y que no quiere verlo cuando yo esté allí.
Éloi: Pues preferiría que me dijeras que no te importa verlo porque ya no sientes nada. ¿Te crees que me gusta pensar que sigues enamorada de él?
Yo: No, pero...
Éloi: ¡Ya sé que me voy a comer la cabeza cuando estés allí! Me da miedo que lo vuelvas a ver y que te afecte. ¡Y no eres capaz de decirme nada para tranquilizarme, Léa Olivier!

Se levantó y se puso a recoger sus cosas. Intenté retenerlo, pero no sirvió de nada; estaba muy enfadado y no quería escucharme. Se disculpó, se marchó y me dejó sola en la cafetería con mis deberes de mates.
Cuando volví a casa intenté llamarlo, pero no me cogió el teléfono. Estoy conectada desde entonces, pero él no. El único que está conectado es mi hermano, que está esperando a que aparezca Katherine (por cierto, me ha dicho que Simon es su primo y que quería engañar a Félix para ponerlo celoso. No se lo he dicho a mi hermano porque me hizo prometerle que no me iba a ir de la lengua. Además, ¡se lo merece!).

Definitivamente Thomas es la causa de todos nuestros problemas hoy. ¡Ni siquiera las memas me han molestado! (Admito que las he estado evitando lo máximo posible, pero hoy he visto que Sophie y Maude no estaban comiendo en la misma mesa.)
¿Me puedes explicar por qué ha reaccionado Éloi así? Entiendo que le ponga nervioso que vuelva al pueblo de Thomas, pero si le he dicho que no hay de qué preocuparse, debería creerme, ¿no?
¡Menudo lunes! :(
Besos,
Léa

Para: Léa_megusta@mail.com
De: Jeannedicesí@mail.com
Enviado: martes, 25 de febrero 20:05
Asunto: ¡Necesito ayuda!

¡Hola, Léa!
Como eres la única que conoce mi situación con Alexis (es decir, que aunque diga que no, sí que me interesa) te escribo para que me aconsejes. ¡Se te da bien!
Como ya sabes, desde las vacaciones de Navidad hablamos a menudo, pero como no vamos al mismo instituto nos cuesta encontrar tiempo para vernos. A veces propongo hacer algo con Alex porque así me siento menos incómoda, pero nunca le he dicho de hacer algo los dos juntos porque él tampoco me lo ha dicho.
El problema es que acaba de llamarme para decirme que en la semana de vacaciones hay un torneo de hockey y me ha preguntado si me apetece ir a ver un partido. También

me ha dicho que puedo llevar a una amiga o ir con Alex para no aburrirme. No sé si es una proposición amistosa o si siente algo más por mí. ¿Cómo puedo saberlo? ¿Debería ir? Si sí, ¿sola o con alguien? ¡AAAAAAAAH! ¿Ves? Por eso decía que salir con un chico es demasiado complicado. ¡Soy nula para esto! Además, ¡nunca me atrevería a dar el primer paso! :(Me da demasiado miedo que me rechace diciéndome que solo me quiere como amiga. Necesito tu consejo para saber qué hacer.
Como no estás conectada imagino que estarás ocupada, ¡pero escríbeme en cuanto puedas!
Besos,
Jeanne

P.D.: ¿Va todo bien con Éloi? Os he visto discutir cerca de la cafetería, parecía que no estabais muy bien...

Para: Jeannedicesí@mail.com
De: Léa_megusta@mail.com
Enviado: martes, 25 de febrero 22:35
Asunto: Re: ¡Necesito ayuda!

¡Hola!
Ahora eres tú la que no estás conectada, así que te daré mi consejo por correo. ¡Me parece evidente que Alexis está colado por ti! Si no, no te llamaría tanto para hablar del tiempo y no se molestaría en invitarte a su partido de hockey. Mi consejo es que te arriesgues y que no te preocupes tanto. Ya sé que es más fácil decirlo que hacerlo, ¡pero a veces viene bien no comerse tanto la cabeza! Y también pienso que podrías dar el primer paso. Siem-

pre pensamos que es vergonzoso que nos rechacen, ¡pero se supera! Antes de que empezáramos a salir, Éloi se me medio declaró y yo lo rechacé, y aunque no estaba preparada para salir con él no se me pasó por la cabeza burlarme de él por declararme sus sentimientos. Si Alexis se ríe porque le dices que te gusta, ¡entonces es un idiota!
En definitiva, ¡que deberías ir al partido de hockey! Si crees que estarás más segura si vas con alguien, no dudes en preguntárselo a Alex, a Katherine o a cualquier otro amigo. Pero si le dices que no, va a pensar que no sientes nada por él. Créeme, mejor que le demuestres un poco de interés.
En lo que concierne a Éloi, no te puedo decir que las cosas vayan muy bien entre nosotros ahora mismo. El lunes por la tarde me montó todo un numerito porque le da miedo que vea a Thomas la semana que viene. Cuando nos viste en la cafetería estaba intentando tranquilizarlo y animarlo, pero estaba muy frío conmigo y no quería explicarme cómo se sentía. Me gustaría haber pasado la tarde con él, pero no podía porque tenía que estudiar. Nos veremos el jueves por la tarde e intentaremos arreglar las cosas... ¡Te mantendré al corriente!
Te dejo, pero, por favor, ¡sigue mi consejo y responde a Alexis! Y no te olvides de contármelo todo por correo la semana que viene. ;)
Besos,
Léa

Para: Marilou33@mail.com
De: Léa_megusta@mail.com
Enviado: miércoles, 26 de febrero 22:22
Asunto: Sorpresa, sorpresa

¡Hola! ¿Qué tal? ¿Tienes ganas de que vaya? (¡¡¡yo sí!!!). Yo estoy bien, aunque es una semana movida, no solo porque Éloi esté muy distante porque cree que voy a volver a enamorarme de Thomas, sino que además he tenido una conversación sincera y casi agradable con Maude. ¡Sí, sí! ¡Has leído bien!
Me disponía a irme del instituto cuando José se acercó a mí.

José: ¡Léa! ¿Por qué le contaste a Maude que besé a Sophie?
Yo: Eh, no, yo no hice eso. Simplemente escribí mis predicciones inspirándome en el planisferio celeste. Lo siento si os habéis dado por aludidos.
José: ¡Deja de hacerte la inocente! Maude discutió con Sophie y ella se lo confesó todo, así que ahora están las dos enfadadas conmigo.
Yo: Mira, si besas a las mejores amigas de tu novia no es mi problema. Podrías aprender la lección y dejar de empeñarte en salir con chicas del mismo grupo. Bueno, tengo que irme.
Maude (corriendo hacia nosotros): ¡Espera, Léa!
Yo: ¿Qué pasa ahora? ¿No crees que ya es suficiente?
Maude (sin mirar a José): No, no es eso. Aunque me parece muy descarado que me llames «pequeña tirana» y que te inventes cosas sobre mí en tu horóscopo, quería agradecerte que me hayas abierto los ojos con él

(señaló a José sin mirarlo. Noté que él estaba avergonzado).
Yo: Eh... ¿gracias?
Maude: Si no hubiese leído el horóscopo nadie me habría dicho la verdad, y no hay nada que odie más que que me engañen y parecer una idiota. Lo perdoné una vez, pero créeme, no habrá una segunda.

José suspiró y se marchó. Vi que Maude lo miraba mientras se alejaba y me di cuenta de que estaba dolida. Jeanne tenía razón, bajo ese escudo de mala, Maude es humana y hasta sensible.

Yo: No tienes que contestarme, pero ¿se han arreglado las cosas con Sophie?
Maude: Más o menos. Es otra amiga que me traiciona, así que me duele, pero Sophie me ha confesado que lleva mucho tiempo enamorada de José y que nunca se había atrevido a decírmelo.
Yo: ¿Qué? ¿No estaba enamorada de Alex y de mi hermano?
Maude: No, eso es lo que contaba para que no sospechase. Aunque sé que no se puede besar al ex de tu mejor amiga cuando no hace ni dos días que no están juntos, también sé que no lo ha hecho con maldad ni para hacerme daño. Al parecer, siempre fue su sueño besar a José y todavía piensa en él, PERO José no está enamorado de ella, ni tampoco lo estaba de Katherine cuando me la jugó el año pasado. Eso sin contar que me engañó en Navidad. Si te cuento todo esto es porque tu horóscopo me ha abierto los ojos, me parece que merezco a alguien mejor que él. Es difícil, porque estamos tan acostumbrados a

enfadarnos y perdonarnos que parece que todo está permitido. Es como si ya no me respetara a mí misma cuando estoy con él. Le quiero, pero nuestra relación no es saludable.
Yo: Ya sé que mi opinión te da igual, pero me alegra oírte decir eso. Nunca te he visto así, pero Jeanne no deja de decirme que eres amable, sobre todo cuando no estás con él.
Maude: Sí, ya... Pero es difícil resistirse. Sigue teniendo algo que me atrae hacia él, aunque sepa que no es bueno para mí.
Yo: En eso te entiendo (por supuesto, estaba haciendo alusión a Thomas).
Maude: Bueno, me voy. ¡Pero no vayas a creer que te voy a perdonar tan fácilmente por los comentarios que has escrito sobre mí!

Me lo dijo sonriendo, pero no con la sonrisa antipática y mezquina que siempre me dedica. Esta vez, era una mezcla de complicidad y desafío.

Yo: Ya.

Le respondí sonriéndole yo también y me fui. Ya sé que probablemente nunca seamos las mejores amigas del mundo, y ya sé que me las ha hecho pasar canutas estos meses, pero me anima ver que mi plan ha funcionado y que podemos hablar sin sacar las garras.
Por cierto, ¡¡solo quedan dos días de clase y después iré a verte!! ¡Qué ganas! :)
Buenas noches, ¡y escríbeme!
Léa

P.D.: Si Thomas te causa problemas o intenta retomar el contacto conmigo, te prometo solemnemente contártelo todo. ¡Esta vez no voy a dejar que eche a perder nuestro reencuentro! ♥

Para: Léa_megusta@mail.com
De: Marilou33@mail.com
Enviado: jueves, 27 de febrero 18:22
Asunto: ¡Vacaciones!

¡Hurra! ¡Estoy de vacaciones! Aunque los profesores tengan que trabajar mañana, los alumnos no tenemos clase, así que ya me puedo relajar. Esta noche me quedo sola en casa. Mis padres se han ido a casa de unos amigos con mi hermano, y como JP iba a salir con sus amigos, voy a aprovechar para ver pelis de chicas.
Me ha sorprendido mucho tu conversación con Maude, ¿aún hay esperanza con ella? No es un caso extremo como Sarah Beaupré. Hablando de ella, la vi discutiendo con Thomas después de clase. No entendí lo que decían, pero sí puedo afirmar una cosa: él parecía furioso y ella lo seguía, llorando. No sé cómo puede Thomas soportar la situación. Ya sé que es guapa, pero hay un límite, ¿no? Y eras tú la que le parecías complicada xD.
Bueno, ¡voy a ver las pelis! Cuéntame qué tal tu día con Éloi. Espero que todo vaya bien. No seas muy dura con él, tiene sus razones para estar celoso. Si estuvieras en su lugar no estarías saltando de alegría.
Besos,
Lou

Para: Marilou33@mail.com
De: Léa_megusta@mail.com
Enviado: viernes, 28 de febrero 23:11
Asunto: Sueño (dodo)

¡Hola!
Siento no haberte llamado pero al final la cita con Éloi se ha retrasado a hoy. Te explico: ayer a mediodía vino a decirme que teníamos que anularla porque su madre necesitaba que la ayudara en casa. Ya sé que es una excusa admisible, pero su cara me hizo dudar. Una parte de mí pensó que no la anulaba por eso.

Yo: Qué mal, ¿y no nos podemos ver más tarde?
Éloi (todavía un poco distante): No creo, seguramente acabe tarde.
Yo: Bueno... ¿y podemos vernos mañana?
Éloi: No lo sé. Ya había quedado con Alex.
Yo: ¡Éloi! Me voy cinco días y normalmente ya me cuesta estar dos minutos sin hablar contigo, ¿por qué estás evitándome? ¿Es por lo de Thomas?
Éloi: Es más complicado... Estoy preocupado y tengo muchas cosas que hacer. Me tengo que ir, pero hablamos después.

Se fue sin darme tiempo a responder. Me quedé hecha un lío, sentí que se me escapaba de entre los dedos y que no había nada que pudiera hacer para retenerlo. Fui a hablar con Jeanne para proponerle ir a tomar un café y me sentó bien desahogarme con alguien. Según ella, Éloi reacciona así para protegerse, porque tiene miedo de lo que pueda pasar cuando esté en tu casa.

Entiendo que esté nervioso pero eso no arregla nada ¡porque hace que piense todavía más en Thomas! Y cuando pienso en él, admito que me sudan las manos y se me embala el corazón. ¿Es eso normal? Si no hablara tanto de él creo que no me estresaría, ¡me está pegando su obsesión!
También hablé con Jeanne de su plan de ataque para el lunes que viene (Alexis la ha invitado a ir a verlo jugar al hockey y va a ir con Alex y otros amigos para sentirse más cómoda). Está enamorada de él pero no sabe qué hacer ni cómo decírselo. Es una situación complicada, ¡los dos son muy tímidos! Quedar con ella me hizo olvidarme un poco de todo, pero me costó quedarme dormida, pues no podía dejar de pensar en Éloi... y en Thomas... y no sabía qué hacer.
Hoy después de clase, Éloi vino a disculparse por haber sido tan frío conmigo esta semana y me explicó cómo se sentía.

Él: Me está volviendo loco pensar que puede que vuelvas a verlo. Fui testigo de tu tristeza y sé cuánto le has querido.
Yo: Sí, pero ahora estoy contigo. No me apetece ver a Thomas y tienes que confiar en mí, ¿vale? Me gustaría que dejásemos de hablar de él a todas horas, me está volviendo loca.
Él: ¿Por qué? ¿Te pone nerviosa? ¿Ves? A eso me refería.... No me gusta que siga afectándote...
Yo (alzando el tono de voz): ¡Para ya, Éloi! ¡No es él el que me pone así! ¡Eres tú! Thomas es pasado y estoy harta de hablar de él.

Éloi me miró sorprendido. Aspiró profundamente y se acercó a mí para besarme apasionadamente.

Yo (sonriendo): Guau, ¿a qué viene este beso?
Él: Es por ti... por todo. Gracias por ser tan paciente conmigo. Ya sé que llevo unos días raro... lo siento. No suelo ser celoso y odio sentirme así, me siento vulnerable. Este miedo a perderte me está demostrando lo mucho que me importas y creo que me he comportado como un loco.

Sonreímos y nos abrazamos muy fuerte. Le dije que me acompañara a casa, pero tenía cosas que hacer, así que pensé que era mejor no insistirle y dejar que las cosas volvieran a la normalidad. Después de todo, hemos conseguido explicarnos y arreglar las cosas, así que era preferible que nos separáramos antes de que volviera a salir el tema y contaminara nuestra felicidad, tan frágil durante toda la semana.
¡Acabo de terminar las maletas y ya estoy lista para irme! Tengo que levantarme a las 6:00 si quiero coger el autobús de las 8:00, así que mejor me voy a dormir. ¡Te contaré el resto en persona! :)
¡Buenas noches! ¡Estoy deseando verte!
Besos,
Léa

El blog de Manu

Añade un título: Nervios

Explica tu problema: ¡Hola, Manu! Te escribo desde el autobús de camino a mi pueblo natal, pues voy unos días a visitar a mi amiga Marilou. El problema es que mi novio, Éloi, está muy celoso por que vuelva, ya que teme que vea a Thomas, mi ex.
No tengo intención de verlo; no solo porque esté enfadada con él por su relación con Sarah Beaupré, sino también porque me da miedo que los temores de Éloi se hagan realidad y que se me embale el corazón cuando lo vea. Quiero de verdad a Éloi y estoy muy bien con él, pero pensar en Thomas me afecta. Es más fuerte que yo, me late fuerte el corazón y me siento como un flan. No sé si es normal, ¿tú que piensas? Estoy tan confusa...
¡Ayúdame!
Besos,
Léa

Manu responde dos preguntas por semana. Tal vez tú seas la elegida...

Para: Léa_megusta@mail.com
De: Jeannedicesí@mail.com
Enviado: domingo, 2 de marzo 10:05
Asunto: ¿Y?

¡Hola!
¿Y? ¿Qué tal en tu pueblo? ¿Te lo pasaste bien en la fiesta de Marilou? ¡Tengo ganas de que me lo cuentes todo! Además, aquí hay tormenta y me voy a pasar todo el día encerrada en casa. No sé cómo tranquilizarme y evitar pensar en mañana... ¡No dejo de morderme las uñas poniéndome en lo peor!
Sálvame y escríbeme rápido.
Jeanne

Para: Jeannedicesí@mail.com
De: Léa_megusta@mail.com
Enviado: domingo, 2 de marzo 11:34
Asunto: ¡Al rescate!

Tu correo llega en el mejor momento porque necesito desahogarme... Me he pasado la noche hablando con Marilou, pero no me ha ayudado a ver las cosas más claras. Llegué ayer a mediodía y fui directamente a casa de Marilou a comer y a arreglarme para la fiesta. Cuando llegamos a casa de su novio, JP (donde se celebraba la fiesta), ya había unas quince personas. Fue genial ver de nuevo a todo el mundo, pero al mismo tiempo me sentí un poco rara. Es como si este ya no fuera mi lugar. Cuando estoy con Marilou todo va bien, pero cuando estoy con los demás me siento como una extraña. Me parece un poco

deprimente porque tengo la impresión de que mi lugar no está ni en Montreal ni aquí.
Intenté divertirme y reírme con las bromas de sus amigos para no arruinarle la fiesta a Marilou. El problema es que había otro asunto que me atormentaba. Aunque en el fondo sabía que era mejor no volver a ver a Thomas, creo que esperaba que estuviera allí y me siento muy mal por Éloi. No sé si es porque quería saber si seguía sintiendo algo por él o porque soy una masoquista, pero es la verdad.
Cuando se acercaba el final de la noche le pregunté a Marilou si le molestaba que volviera antes que ella, ya que estaba muerta de cansancio (lo que es verdad porque llevaba levantada desde las 6:00), pero insistió en volver conmigo. Nos despedimos de todos y nos pusimos las botas y el abrigo.
Cuando abrí la puerta de la casa, me topé con Thomas. Tenía las mejillas rojas y parecía llevar horas esperando allí.
Después fue como si todo transcurriera al ralentí. Se le agrandaron los ojos y se me paró el corazón. Ni él ni yo fuimos capaces de pronunciar una sola palabra. De lo único que me acuerdo es de que Marilou me agarró del brazo y tiró de mí hasta la calle para sacarme de allí, pero no era capaz de apartar mi mirada de la suya. Incluso mientras me iba, seguía mirándole y él continuaba plantado delante de la puerta siguiéndome con la mirada.
Cuando desapareció de mi campo visual, me paré para tomar aliento y sentí náuseas. Me incliné y vomité. Marilou me sostuvo el pelo y yo traté de expulsar todo lo que sentía, pero era demasiado fuerte.
Cuando estábamos en casa de Marilou me preparó un

baño caliente y me obligó a beberme una tisana para calentarme, pero no consiguió calmar mi corazón.
No ha sido una indigestión lo que me ha sentado mal y me ha impedido pegar ojo esta noche. Ha sido él. Thomas.

Continuará...